달나라에 가는 방법

김 종완

eum

개인 사정

COFFEE

2교시 휴강으로 나는 법과대학 건물 1층 벤치에 잠시 앉아 있었다. 오전 10시쯤이어서 점심을 먹으러 가기 어색했다. 그다음 3교시 수업이 있기 때문에 집에 다녀오기도 어색한 시간이었다. 요사이 뭘 제대로 먹은 기억은 없는데, 어쩐 일인지 배가 고프지 않았다. 주머니에 잔돈이 있었다. 나는 괜히 주변을 두리번거리다 일어나 자판기에서 캔 커피를 뽑았다. 자리에 다시 앉아 캔 꼭지를 땄다. 커피가 몇 방울 튀어 외투에 묻었다. 외투가 커피와 비슷한 색이라 신경 쓰이지 않았다.

근처에는 나처럼 앉아 있는 사람도 없고, 지나다니는 사람들도 별로 없었다. 내가 아는 사람은 한 명도 없었다. 왜 그런지 모르겠지만 법과대학 건물 1층은 싸늘한 기운이 감돈다. 기분이 썩 좋지 않다. 그럼에도 나는 종종 이곳에 앉아 있는데, 별다른 이유는 없고 단지 사람이 별로 없기 때문이다. 싸늘하고 기분이 좋지 않아도 나는 주변에 사람이 별로 없는 곳을 찾아다닌다. 나도 모르게 그렇게 한다.

휴강을 한 수업은 정말 인기 없는 수업이다. 계절은 거의 겨울이고 수업도 거의 끝나 가는데, 나는 법과대학 학생도 아닌데, 내가 왜 그 수업을 수강하는 중인지 아직도 나는 잘 모른다. (물론 내가 그 수업을 선택해 수강신청을 했기 때문이지만) 시작은 법 같은 거 알아두면 좋지, 하는 단순한 마음이었던 것 같은데 지금은 아무래도 잘 모르게 되었다. 그저 겨울방학을 기다리고 있다. 겨울, 하면 '춥다', '크리스마스', '군고구마' 등등 각자 뒤이어 떠오르는 말들이 있을 테지만, 나는 '흐지부지'라는 말이 제일 먼저 떠오른다. 왠지 모르겠지만.

나는 자주 늦잠을 잔다. 오늘도 나는 늦잠을 잤고 1교시는 출석하지 못했고, 그래도 학교 근처 원룸에 살고 있기 때문에 2교시 시작 후 5분 뒤에 강의실에 들어갈 수 있었다. 헐레벌떡 달려왔다가, 문 앞에 서서 잠시 숨을 죽이고 사뿐사뿐 들어간 강의실에는, 아무도 없었다. 칠판에 큼지막한 하얀 분필 글씨로 교수님의 個人事情개인 사정으로 인해 휴강을 한다는 메시지가 쓰여 있었다.

'교수님'도 아니고 '휴강'도 아니고, 나는 그 '個人事情'이라는 네 글자를 생각해보고 있었다. 왜 그 네 글자만 한자로 썼을까? (물론 처음 그걸 봤을 때 그게 무슨 말인지 몰라 네이버에 검색했다.) 자판기의

달콤한 캔 커피를 마시며, 그건 모르겠고 교수님도 사람이니까 아마도 늦잠을 잔 게 아닐까, 짐작했다. 그건 아마도 내가 잠이 많아 그런 짐작을 한 게 아닐까 짐작했다. 22년 동안 '개인 사정'이라는 말은 거의 써본 적이 없는 것 같지만 내가 그런 말을 썼다면 아마도 늦잠 때문이었을 것이다. 그걸 '개인 사정'이라는 말로 어른스럽게 잘 숨겼다고 여겼겠지. 아무튼 지금의 내게는 늦잠 말고 이렇다 할 '개인 사정'이랄 게 없다. 시시한 청춘(青春, 이 두 글자는 왠지 한자로 쓰고 싶다)을 보낸다는 기분이 들었다. 나는 다리를 꼬고 몸을 움츠렸다. 법과대학 건물 1층은 싸늘하다.

손에 든 커피 캔의 온기가 4분의 1로 줄었을 때 아는 사람 한 명이 내 앞을 지나갔다. 나는 그가 빨리 걸어갔다고 생각했다. 빨리 걸어간 건 아니었는데 그렇게 보였다. 그와는 빨리 걸어가는데 이름을 불러 인사를 할 정도는 아닌 사이다. 나는 그렇게 알고 있다. 그래서 인사 대신에 멀어져가는 뒷모습을 보고 있었다. 그와는 학기 초에 과실에서 잠깐 인사를 나누고 한동안 못 봤다. 그의 이름은 경주. 이경주. 내가 알기로 그는 신라의 수도 경주와는 관계가 없다. 경주가 고향이라면 이름처럼 경주가 고향이라고 누군가 말했을 것 같다. 저번 체육대회 때 보니 달리기를 잘하는 것 같지도 않았다. 달리기를 잘했으면 이름처럼 경주를 잘한다고 누군가 말했을 것 같다. 경주는 같은 과 동기인데, 내가 알기로 그는 사람 사이 적당한 거리를 알고 그걸 지킬 줄 아는 사람이다. 다만 그 때문에 아직도 그와 친구 사이는 아니다. (그저 동기, 라고 부를 뿐.)

어쩐지 경주는 불안해 보였다. 불안한 경주의 뒷모습. 그걸 보고 있는데, 그가 걸음을 멈췄다. 뒷모습이 앞모습이 되었다. 몸을 돌려 그가 내 쪽으로 왔다. 그건 좀 의아한 일이었다. 이미 다 지나쳤는데 다시 와서 인사를 한 적은 서로 한 번도 없었다. 경주는 얼굴에 엷은 미소를 붙들고 있었다.

주머니에 잔돈이 더 있어서 나는 경주에게도 캔 커피를 하나 뽑아주었다. 경주는 고맙다고 했다. 엉거주춤 내 옆에 앉아 말없이 캔 꼭지를 따고 커피를 몇 번 홀짝였다. 그러는 사이 잘 지냈어? 잘 지내지, 그런 말들을 주고받았다. 그다음 나는 무슨 말을 해야 하나 머리를 굴리고 있었는데, 그러니까 요즘 있었던 일들을 떠올려봤는데, 내게는 도무지 할 만한 말들이 없었다. 정말이지 시시한 青春…… 나는 오랜만에

본다고 했다. 경주가 내게 말했다. 어, 휴학했어. 그리고 나, 겨울에 결혼해.

결혼? 누구랑?

이라고 경주에게 물었지만 나는 경주의 결혼 상대보다 경주가 가다 말고 와서 왜 내게 그런 말을 했는지가 더 의아했다. 더 이상했던 건 경주가 너한테만 하는 말이니까 다른 사람들한테는 말하지 말아달라고 했던 거다.

어, 다른 사람에게 말하지 않을게. 나는 고개를 끄덕였다.

개인 사정이니까.

경주가 말했다. 그러고는 작게 웃었다.

어쩌면 학교도 그만둬야 할지도 모르겠어. 아르바이트도 하나 더 구해봐야 하고. 결혼식은 못 하고 혼인신고만 하려고. 곧 할 거야. 그렇게 됐어.

그러고는 두 손을 양쪽 주머니에 찔러 넣고 다리를 쭉 폈다. 머뭇대며 내 눈치를 좀 보더니, 핸드폰을 꺼냈다. 보여줘도 돼? 경주가 물었다. 뭘? 이라고 했지만 나는 이미 경주가 보여준 사진 몇 장을 보고 있었다. 갓난아기 사진들이었다. 갓난아기 얼굴이 다 비슷비슷했지만 어쩐지 사진 속 아기가 경주와 닮아 보여서 너랑 닮았네, 라고 했다. 나는 딴생각을 하고 있었다. 주변이 문득 소란스러워졌다. 수업이 끝난 학생들이 수선스레 건물 안팎을 드나들고 있었다.

나는 경주에게 이렇다 할 해줄 말이 없어서 다른 사람에게 말하지 않을게. 그 말만 했다. 경주가 내게 인사를 하고 다시 갔다. 아까 봤을 때보다는 그가 느긋이 걸어가는 것 같았다. 멀어지는 경주의 뒷모습을 보고 있다가, 결혼 축하한다고 해줄걸, 생각했지만 가서 그걸 말하지는 않았다.

10분 쉬는 시간이 거의 끝나가고 있었다. 3교시는 어쩐지 개인 사정으로 들어가고 싶지 않아서, 나는 그 자리에 비스듬히 그대로 앉아 있었다. 주변은 다시 조용해졌다.

나는 왜
김경수를
신경 쓰는가?

하는 수 없이 아내의 친구와 밤을 보내기로 했다. 알았어, 그렇게 할게. 내가 말했다. 수경은 침대에 앉아 양말을 신고 있었다. 얼굴에 설핏 장난기가 보이는 것 같았지만 수경은 난감해하는 표정을 지으려 나름 노력하고 있었다. 수경은 아내의 이름이다. 아내는 자신의 친구와 나를 집에 남겨두고 나갔다. 미안해, 이러려고 했던 건 아니었는데. 그렇게 말하는 수경의 입가에 짐짓 미소가 어렸다. 그는 어쨌든 현관문을 열고 나갔다. 그는 정말로 그렇게 했다. 수경에게 무척 급히 해결해야 하는 일이 생겼기 때문이다. 그럴 만한 일이긴 하다. 그렇지만, 상황이 그렇게 된 것이긴 하지만 정말로 수경이 그의 친구와 나를 이 밤에 함께 있게 할 줄은 몰랐다. 어쨌든 그래서 나는 정말로 수경의 친구와 내 집에 함께 있게 되었다. 안온했던 나의 집이, 많이 낯설다. 마음에 드는 상황은 아니다. 그런데 내가 가장 마음에 들지 않은 건 수경이 그렇게 가버린 것도 아니고 그의 친구가 지금 내가 가장 좋아하는 소파 자리를 차지하고 앉아 있다는 것도 아니다(물론 그게 괜찮다는 것은 아니다!). 지금 머쓱한 표정을 지으며 멀뚱히 소파에 앉아 있는 수경의 친구 이름이 가장 마음에 걸린다. 나는 그 이름을 노려본다. 나는 못마땅한 표정을 최대한 숨기려고 하지만, 아마 잘 되지 않고 있을 것이다.

아내 친구 이름은 아내의 이름을 거꾸로 하면 된다.

안녕하세요, 김경수라고 합니다. 처음 뵙겠습니다. 말씀 많이 들었습니다.

수경이 가끔씩 얘기를 하니까, 그의 이름은 전부터 알고 있었는데 그 이름을 들을 때마다 나는 묘한 감정에 휩싸였다. 말하자면 질투심 같은 것인데 내가 생각해도 쓸데없이 농도가 짙은 것 같아 물을 반쯤 섞어 억지로 희석해두었다. 아내는 그를 친한 친구라고(그것도 가장 친한 친구라고) 했다. 그저 성별이 다를 뿐 영식과 나의 관계와 똑같다는 것이다. 영식은 내 친구다. 물론 영식과 나는 성별이 같다. 내겐 이성인 친구가 없다. 단 한 명도. 수경에게는 세 명 있다. 김경수는 그중 한 명이다. 중학교 시절 같은 반이었고 수경과 경수는 1년간 짝을 했다고 했다. 수경이 나온 학교는 남녀공학이었으니 그건 믿을 만한 사실이다. (물론 나는 아내가 하는 말을 거의 믿는다. 수경을 의심하는 것은 아니다.) 그런데 자신과 이름이 거꾸로 같은 이성인 친구와 같은 반, 그것도 옆자리 짝이 된다면

운명이라 믿으며 서로 친구 이상의, 이성理性을 넘어선 이성異性적인 감정을 느끼지 않았을까? 한 번이라도? 그런 적 없는데. 정말 그냥 친구야. 시답잖은 얘기하고, 선생님 뒷담화 같은 거 하고, 가끔 고민 들어주고 그런 거. 경수 걔가 고민을 잘 들어주긴 하거든. 전반적으로 생각하는 게 유치하지만. 아무튼 그런 사이. 요즘도 종종 안부 묻고 그러는 정도지, 얼굴 본 지 1년도 넘었구만. 대체 무슨 생각을 하는 거야?

종종 아니고 일주일에 두 번은 연락하던데? 수경에게 너무 취조하듯 물었나 싶었다.

지금 나 취조해? 한동안 뜸하다 요즘 좀 연락한 거지 연락 안 하면 몇 달도 안 하고 그러거든? 다른 친구들하고도 그러잖아! 이 종종 녀석아!

종종 녀석이라니…… 나는 더 해볼 말이 없어서 방으로 들어갔다. 지난주 월요일에 있었던 일이다.

생각해보면 김경수가 수경과 친구 아닌 연인 비슷한 사이라고 할 만한 증거(라는 단어를 쓰면 수경이 좋아하지 않을 텐데)는 사실 찾지 못했다. 지지난주에 두 번 연락한 걸 가지고 수경을 취조하긴 했으나 나는 사실 방금 전에도, 오늘 아침에도 영식과 통화했다.

수경이 모르게. 영식이 나와 성별이 달랐다면 불륜을 의심해봐야 하는 상황이다. 아무튼 김경수가 수경과 동성同性이었다면 아마도 나는 (이렇게 불편하게) 신경 쓰지 않았을 것 같다.(수경은 아무래도 이성애자인 것 같으니까.) 그런데 나는 김경수가 아닌 나머지 두 명의 이성인 친구도 그리 신경 쓰고 있지 않다. 그게 이상하게 느껴진다. 왜 그럴까? 나는 왜 김경수를 신경 쓰는가? 수경과 이름이 거꾸로 같아서? 내 이름에는 수도 없고 경도 없어서? 내가 갖고 있지 않은 걸 김경수는 갖고 있어서? 수경이 김경수를 '가장 친한' 친구라고 해서? 아무튼 나는 왠지 모르게 김경수를 신경 쓰고 있는데, 신경 쓰고 있기 때문에 그를 신경 쓰는 이유를 찾고 있는 것 같다. 그러니까 뭔가 이유가 있으니까 신경이 쓰이는 거라 생각하는 것이다. 이유를 찾기 힘들지만, 뭔가가 있다고. (이유를 찾고 싶어 신경 쓰는 건지도 모르지만.)

또 생각이 많아졌다. 소파에 앉아 있는 김경수에게 할 말은 하나도 생각나지 않지만.

사실 할 말이 있다.

(너, 수경과 무슨 사이지? 친구 사이? 아니야, 아니잖아, 진실을 말해!)

나는 내 방에 들어와 방문을 닫았고, 김경수는 거실 소파에 앉아 TV를 보고 있다. TV에서는 기상 캐스터가 날씨 소식을 전하고 있다. KBS 9시 뉴스가 끝나간다.

김경수는 수경이 집에 초대했다. 수경과 나는 지방의 소도시에 살고 있는데, 이곳은 밤이 되면 일찍 차편이 끊기는 도시 외곽 지역이다. 김경수가 이 지역으로 며칠 출장을 왔는데, 오랜만이니 집에 들러 차라도 마시면 어떻겠냐고 수경이 제안을 했다. 김경수는 내가 신경 쓰였는지 거절을 했지만, 수경이 내게 동의를 구했고 나는 내키지 않았지만 그러자고 했다. 우리는 우리 말고 아는 사람이 없는 지방 도시 외곽에 살고 있고, 수경이 나 말고 사람을 만난 지도 무척 오래되어 내가 내키지 않는다고 무작정 안 된다고 할 수도 없는 노릇이었다. 수경은 남편도 그러자고 했다며 그에게 집으로 오라고 했다. 김경수는 밤 8시쯤 집에 왔다. 나와 수경과 김경수는 저녁을 함께 먹었다. 수경과 김경수만 이런저런 대화를 나눴을 뿐 나는 별 다른 말을 하지 않았다. 그들이 나눈 대화의 내용은 거의 나도 알 만한 것들이었다. 나는 그릇들을 치웠고 수경은 차를 준비했다. 나는 차를 마시고 나면 김경수가 갈 거라고 생각했는데 차를 내리던 수경이 전화 한 통을 받더니 급히 양말만 갈아 신고 나갔다. 수경에게는 중요하고 급한 일이다. 그러니까 김경수가 집에 있게 된 건 수경이 김경수의 자동차를 빌려 타고 갔기 때문이다. 수경은 내일 아침에나 올 수 있다고 했다. 나와 수경은 작년까지 자동차가 있었지만 지금은 자동차가 없고, 밤에는 택시도 다니지 않는다. 수경은 마침 잘됐다며 두 사람이 친해져도 좋겠다고 말하고는 가버렸다. 나는 어색하게 있다가 김경수에게 편하게 있으라고 하고, 거실에 베개와 이불을 가져다준 뒤 지금은 내 방에 들어와 있다. 내 방에서, 김경수를 신경 쓰고 있다. 그러니까 김경수는 아내의 친구이고, 중학교 시절 옆자리 짝이었고, (수경의 말에 의하면) 여느 친구들처럼 지냈으며, 종종 연락해 서로 안부를 묻고, 연락이 뜸할 땐 몇 달도 연락하지 않다가, 다시 연락하기도 하는 사이다. 나와 수경은 집에서 일을 하기 때문에 거의 매일 매시간 한 공간 안에 있다. 수경은 김경수와 연락을 할 때면 옆에 내가 있어도 그와 편하게 대화를 주고받는다. 그래서 아까 저녁을 먹을 때 두 사람이 하는 얘기가 내게도 익숙했던 것이다.

작게 TV 소리가 들린다. KBS 9시 뉴스가 끝나고

밤 10시 30분이 넘어간다. 희미하게, 코 고는 소리가 들린다.

김경수가 잠을 잔다.

일어날 일이
일어난 것 같았다

남영은 차창을 반쯤 열었다. 12월의 공기가 그의 볼을 차갑게 했다. 남영의 남편인 양용은 운전석에 앉아 운전 중이다. 그들은 교외의 호수에 들렀다 집으로 가는 길이다. 남영은 곁눈으로 흘금흘금 남편의 옆얼굴을 봤다. 남편의 얼굴에는 덥수룩하게 수염이 자라 있고 핸들을 잡은 손은 손톱이 길게 자랐다. 남편은 2년 정도 다니던 회사에서 정리 해고되었다. 남편이 하는 일을 로봇도 할 수 있기 때문이었다.

해고된 후 남편은 아무것도 하지 않았다. 남편은 딱히 하는 일 없이 산책을 하거나 침대에 누워 있을 뿐이었다. 그는 손톱도, 수염도 깎지 않고 그것들을 제멋대로 자라게 내버려두었다. 한 달 가까이 그러고 있었다. 남영은 그게 아무래도 정상적인 것 같지 않았다. 그래서 며칠 전 저녁 식사 시간에 남영이 한 마디 하려고 했는데 남편이 먼저 말을 꺼냈다. 이제 어떡하지? 우리 괜찮나?

나도 벌고 있으니까 당분간은 괜찮아. 천천히 생각하자.

젓가락으로 밥알 몇 개를 집어 먹고, 남영은 물을 한 모금 마셨다. 자신이 적당하게 말했다고 남영은 생각했다. 비상금까지 털어도 다음 달 생활비 정도만 있을 뿐이지만.

밥을 거의 먹어갈 때쯤 남편이 말했다.

차를 팔자.

오늘 아침 남편은 이불을 정리해두고 데려다주겠다고 남영에게 말했다. 남영은 문화센터에서 미술 강사로 일하고 있다. 그는 늘 버스를 타고 출퇴근을 하고, 그곳에서 3시간 동안 초등학생들을 가르친다. 남영과 남편에게는 연식이 오래된 차가 한 대 있는데 얼마 전까지 남편의 직장이었던 곳이 도시 외곽에 있고 거리가 멀어서 주로 남편이 차를 사용했었다. 데려다주겠다는 남편에게 남영이 말했다.

차 파는 거 아니었어?

이따 오후에 팔기로 했어. 그동안 차로 데려다준 적도 없는데, 오늘 데려다줄게.

처음이자 마지막이네.

어.

남영을 문화센터까지 데려다주고 남편은 차를 팔고 오겠다고 했다. 아는 사람의 아는 사람이 중고차 매매

업체에 넘기는 것보다 조금 더 값을 쳐준다고 해서 그 사람에게 차를 넘기는 것이었다. 연식은 오래된 차지만 그래도 그동안 관리를 잘해서 상태가 나쁘지 않았다. 그런데 남영을 문화센터 앞에 내려주고, 남영이 세 시간쯤 뒤 퇴근해서 나올 때까지 남편은 차를 팔지 않고 근처에 있었다. 남영이 차에 타서 말했다. 왜 아직도 있어?

그 사람이 일이 생겨서 내일 만나자고 하네. 그래서 오랜만에 드라이브나 할까 하고.

일단은 집으로 가는 게 어때?

왜? 가기 싫어?

아니, 그런 건 아닌데……

(남영은 드라이브할 기분이 아니었다.)

회사 가는 길에 호수가 하나 있거든. 거기가 조용하고 좋아. 가자.

수요일 교외의 도로는 한적했다. 남편의 옆얼굴을 흘금흘금 보면서, 올해는 눈이 안 온다고 남영은 생각했다. 올해는 눈이 안 오네. 남편이 말했다. 남영은 나도 그 생각하고 있었는데, 라고 말하려고 했는데 다른 말을 했다. 다음 학기에 수업이 없어진대. 남편이 남영을 흘끔 봤다. 왜? 남편이 물었다. 그림 그리는 것보다 더 중요한 게 있대. 그래서 다른 수업을 한다더라고. 그 센터가 페이도 좋고 멀지도 않아서 좋았는데. 물론 그래, 그림보다 중요한 건 얼마든지 있지. 남영이 말했다. 남편은 잠자코 듣고 있었다.

나도 일을 알아볼게. 남편이 말했지만 남영은 왠지 자신도, 남편도 그러지 않을 것 같았다.

그러니까 비상금 통장에 100만 원, 차 팔면 250만 원, 실업급여도 신청하면……

남영은 곧 생각에 빠졌다. 그 생각에 동네에 조그맣게 화실을 차리고 제대로 다시 그림을 그리고 싶다는 생각은 빠져 있었다.

호수는 조용했고 실안개가 깔려 있었다. 차를 갓길에 대놓고 그들은 호수 근처로 내려왔다. 수면을 가린 안개를 보며, 남영은 우울해졌다. 우울한 눈으로 본 남편은 무기력해 보였다. 무기력한 남편의 모습을 보니 갑자기 그를 쏘아붙이고 싶었지만 남영은 그렇게 하지 않았다. 어떻게든 되겠지. 남영은 생각했다.

그래, 어떻게든 될 거야. 남편이 말했다.

아니 내 생각을 어떻게 아는 거야? 남영이 물었다.

남편이 작은 목소리로…… 말을 했는데 갑자기 팡! 하는 소리가 나서 남영은 그걸 듣지 못했다. 그리고 얼마 뒤에 쾅! 하는 소리가 났다. 그 소리는 팡! 하는 소리보다 훨씬 더 가까이 뒤쪽에서 났다. 남영과 남편은 깜짝 놀라 동시에 뒤를 바라봤다.

쾅! 소리가 한 번 더 났다. 어떤 짐승, 그러니까 멧돼지 한 마리가 날뛰며 갓길에 대놓은 그들의 차를 들이받고 있었다. 그들은 멀찌감치 서서 눈을 동그랗게 뜨고 그걸 바라볼 뿐이었다.

멧돼지는 비틀거리다가 곧 다른 길을 찾아 숲 속으로 사라졌고 호숫가는 다시 조용해졌다. 그들은 조심조심 차가 있는 곳으로 갔다. 차 문이 움푹 찌그러져 있었다. 수염이 자란 턱을 만지작거리며 남편이 말했다. 찌그러진 차는 팔 수 없겠지? 남편이 농담을 하고 싶어 한다고 남영은 생각했다.

차는 움직였다. 남영은 왠지 일어날 일이 일어난 것 같았다. 괜히 호수에 와서 멧돼지가 차를 들이받았다고, 이제 차도 제대로 팔 수 없고 수리 비용만 들게 생겼다고, 이게 다 너 때문이라고, 남영은 남편에게 말하지 않았다.

집으로 돌아가는 차 안에서, 창문을 반쯤 열고, 남영은 벌써 12월이네, 했다. 12월에는 아무것도 하지 말자. 남편이 말했다. 아니, 말했나? 남영은 남편이 작게 중얼거리는 말을 들은 것 같았는데 그걸 어떻게 들을 수 있었는지 알 수 없었다. 그래, 아무것도 하지 말자. 남영이 남편에게 말했다. 그 말에 남편이 싱긋 웃었다.

그러니까 수염도 깎고 손톱도 깎은 다음에, 아무것도 안 하는 거야. 남영이 말했다.

알았어. 남편이 말했다.

나도 이참에 머리 스타일을 좀 바꿔봐야겠어. 남영은 사이드미러에 비친 자신의 얼굴을 보며 머리칼을 매만졌다.

폭설 속을
걸어갈 때는

바람에 창문이 덜그럭거렸다. 이불 속에 감기 기운 같은 게 있었다. 정제는 침대 위에 누워 몸에 이불을 둘둘 감고 웅크리고 있었다. 그는 돈이 필요했다. 1년 전인가, 2년 전인가 이제는 잘 기억이 나지 않지만 아무튼 정연에게 빌려준 돈이 생각났다. 눈을 껌벅이면서 그는 그 돈을 생각했다. 그는 머리가 지끈거렸고 약간 정신이 없었다. 그건 감기 기운 때문일 수도 있고 어젯밤 늦게까지 술을 마셨기 때문일 수도 있다. 그는 혼자 술을 마셨다. 마시다 보니 많이 마셨다. 그는 술을 한 잔도 못 먹는 사람이었지만 어제는 소주 한 병을 먹었다. 그는 담배를 못 피우는 사람이었지만 어제는 담배 반 개비를 피웠다. (그것도 방 안 침대 옆에서.) 얼마 전 운영하던 가게도 문을 닫았다. 이른 아침 시간에 맞춰 따뜻한 식빵을 구워내는 가게였는데 힘들지만 시간을 잘 맞추니 몇몇 사람들이 그 시간에 맞춰 갓 구운 식빵을 사러 왔다. 오는 사람들이 하나둘 늘어나기 시작했다. 잘되어가나 싶었는데, 정연과 헤어진 후에는 장사도 잘되지 않았다. 잘될 리가 없었다. 아침잠이 너무 많은 그가 혼자서 그런 걸 잘할 리 없었다. 얼마 못 가 그는 가게 문을 닫았다. 그는 방바닥에 앉아서 자신이 갈 데까지 갔다는 생각을 했다. (침대 옆에서 담배를 피우고 있다니.) 창밖에 폭설이 내리고 있었지만 그는 신경 쓰지 않았다. TV인가 라디오인가 유튜브인가 아무튼 켜둔 그것에서 누군가가 말하는 메리 크리스마스, 크리스마스에는 사랑하는 사람과 따뜻한 시간 보내시길 바란다는 그런 말에도 그는 무감각했다.

오후 3시쯤이었다. 정제는 그 시간까지 이불 속에 있었다. 여전히 허옇게 폭설이 내리고 있었다. 바람 소리가 흐잉흐잉 났다. 그는 덜그럭거리는 창문, 허연 창밖을 보며 눈을 껌벅였다. 몸이 무거웠다. 누군가 몸 위에서 자신을 누르고 있는 것처럼 한 사람 무게만큼 몸무게가 더 늘어난 것 같았다. 감기가 오려나? 그는 약을 찾으려고 천천히 이불 속에서 빠져나왔다. 느릿느릿 일어나서 옷장으로 걸어갔다. 구급상자는 옷장 안 서랍 속에 있었다. 옷장 문을 열고 그는 약을 찾지 않고 주섬주섬 외출복으로 갈아입기 시작했다. 왜 옷을 갈아입지? 그는 약간 정신이 없었고, 의아한 기분이 들었다. 그러면서 입을 만한 옷을 다 챙겨 입었다. 그는 그 옆에 걸어놓은 벽거울에 모습을 비춰보았다. 아무래도 단정하지 않았다. 빗으로 머리칼을 몇 번 빗어보다가 그는 모자를 눌러썼다. 나가야겠다고 마음먹기 전에 두 다리가 먼저 움직여 그를 문밖으로 나가게 했다.

방 안에서 본 것처럼 거리에 폭설이 내리고 있었는데 그는 생각보다 춥지 않았다. 안 춥지도 않았다. 지나다니는 사람들은 별로 없었다. 사람들이 지나다니지 않는 인도 안쪽에는 거의 그의 무릎 높이까지 눈이 쌓여 있었다. 그는 외투 양쪽 주머니에 손을 넣고 한 걸음씩 펭귄 걸음을 걸었다. 사선으로 내리는 눈발을 맞으며 그는 자신이 어딜 가야 좋을지 몰랐다. 흐잉흐잉 바람 소리가 귓가에 맴돌았다. 이대로 걸어가면 정연이 일하는 편의점으로 갈 것 같았다. 돈을 받으려고? 그는 혼자 고개를 가로저었다. 돈이 필요했고 정연을 언젠가 만나면 돈 얘기를 꺼낼 수도 있겠지만, 굳이 지금 이런 폭설 속을 걸어서 일하고 있는 정연에게 가서 빌린 돈을 갚으라고 말하는 건 아무래도 아닌 것 같았다. 그러고 싶지도 않았다. 설령 가서 그 얘기를 꺼낸다고 해도 정연이 선뜻 돈을 돌려줄지 모를 일이었고, 정연이 지금도 그 편의점에서 일을 하는지도 그는 몰랐다. 그는 정연의 전화번호도 지웠다. 정연의 전화번호를 지운 건 반년 전쯤이었다. 그때 그는 함께 찍은 사진을 지우다가, 자신의 SNS 계정도 삭제했다. 얼마 전, 그러니까 빵집 문을 닫았을 무렵 오랜만에 정연의 계정을 찾아봤지만 지웠는지 찾을 수가 없었다. 빵집을 운영한 건 그가 빵을 만드는 걸 정연이 좋아했기 때문이었다. 정연이 그 일을 좋아해줘서 그도 그 일을 할 수 있었다. 잘하고 싶었다. 하지만 어느 순간 정연에게 다른 사람이 있다고 그가 오해했고,(사소한 오해였다.) 어쩐지 다투지도 않고 사이가 멀어져버렸다. 그래서 정연에게는 또 다른 이유가 있었는지도 모른다고 그는 자주 짐작했다. 그 자신도 둘 사이가 멀어진 것이 그 오해 때문만은 아니었다는 걸 알고 있었다. 그건 이미 각자의 마음속에서 일어나버린 일이고, 단지 그걸 설명하기 위해서 자신에게 명분이나 이유 같은 걸 만들어낸 것이었다. 우리가 멀어진 것에 대해, 정연은 어떤 명분과 이유를 만들었을까. 그는 생각에 빠졌다. 쏟아지는 눈발이 눈앞을 가렸다. 폭설 속을 걸어갈 때는 생각에 빠져 발을 헛디디지 않게 조심해야 한다. 만나면 무슨 말을 할 수 있을까? 그는 발을 헛디뎠고, 수북이 쌓인 눈 무덤에 앞으로 고꾸라졌다. 그를 본 사람은 아무도 없었지만 그는 너무 창피했다. 걸어가는 것도 제대로 못하는데, 뭘 할 수 있지? 외투 주머니에 그대로 손을 넣은 채로 그는 잠시 눈에 파묻혀 있었다. 차가운 눈 속에서…… 제대로 기억했다. 정연과 헤어지고 며칠 뒤에 정연이 빌린 돈을 입금했다는 것을. 전화번호를 지우면서, 정연이 빌린 돈을 갚았다는 사실도 함께 잊어버렸다는 것을.

그는 갈 만한 다른 곳은 찾지 못했다. 그래서 정연이 일하는 편의점 쪽으로 계속 걸었다. 그는 걷고 있다는 감각 없이 다리 두 개가 앞뒤로 움직이는 걸 보고 있었다. 눈발이 자꾸 앞을 가려서 고개를 푹 숙이고 발이 기억하는 대로 걸었다. 감기 기운은 잊어버린 듯 느껴지지 않았다.

정연은 편의점 계산대에 앉아 있었다. 멍한 얼굴로 가만히 있었다. 정제는 지나가며 그렇게 있는 정연을 봤다. 손님도 없는 편의점에 멍하게 앉아 있는 정연을 보고 그는 어쩐지 예전의 우리를 우리가 함께 생각하고 있는 것 같다고 느꼈다. 그는 서 있었다. 그러면서 핸드폰을 찾았다. 핸드폰은 없었다. 가져오지 않은 걸까? 아니면 아까 넘어졌을 때 잃어버렸나? 그는 허둥지둥했다. 그런데 핸드폰이 있다고 지금 정연에게 전화를 걸 수 있을 것 같지도 않았다. 무슨 말을 할 수 있을까? 뭐가 남아 있지? 정연이 빌린 돈을 갚은 것도 제대로 기억이 났는데.

그는 길 건너편으로 갔다. 추위에 벌게진 얼굴로 서성이다가 망설이다가 집으로 돌아갔다. 오다 넘어진 곳도 살펴봤지만 핸드폰은 보이지 않았다. 집으로 가는 도중에 폭설은 조금 잦아들었다.

핸드폰은 집에 있었다. 정제는 옷을 옷장에 걸어두고 다시 이불 속으로 들어갔다. 바람 소리도 나지 않고 창문도 가만히 있었다. 방 안은 조용했다. 조용해서 TV를 켜두었다. 성탄특선 영화, 크리스마스 특집 예능, 폭설이 내리는 크리스마스 소식을 전하는 뉴스…… 그는 이 채널 저 채널 기웃거리다가, 핸드폰을 열었다. 읽지 않은 메시지 한 개.

혹시 나 보러 온 거야?

지웠던 정연의 번호. 그는 기억하고 있었다.

정제는 시계를 확인했다. 냉장고에 아직 재료가 있었다. 잘하면 정연이 일이 끝나는 시간까지 작은 크리스마스 케이크 하나 정도는 만들 수 있을 것 같았다.

호랑이 꿈을 꿨어

꿈을 꿨는데, 처음에 나는 무슨 상황인지도 모르고 달렸어. 달리고, 달리고, 앞만 보고 달렸지. 뭔가에 쫓기고 있다는 걸 알았는데 뭐가 나를 쫓아오는지 알 수 없었어. 그러다 다리가 점점 무거워지고 속도가 느려졌는데 그게 점점 가까워지고 있다는 건 알 수 있었지. 그다지 무섭지는 않았는데, 뒤는 돌아보지 못했어. 그러다 그 무언가가 아주 가까이 다가왔을 때, 나는 고개를 돌려 뒤를 봤어. 호랑이였지. 호랑이가 날 물었고, 꿈을 깼어.

좋은 꿈이네? 인경이 핸드폰 화면을 들여다보며 안경을 추켜올렸다. 그런가? 나는 인경과 집에서 커피를 마시는 중이다. 인경이 인터넷 검색창에 '호랑이에게 물리는 꿈'을 검색해보고 있다. 나는 '호랑이에게 쫓기는 꿈'을 검색했다.

호랑이에게 쫓기는 꿈은 흉몽이라는데? 내가 말했다.

그래? 그래 뭐 사람 일이 좋기도 하고 나쁘기도 한 거겠지. 쫓기기도 하고 물리기도 하고…… 인경이 커피를 홀짝였다. 나는 커피에 흰 설탕을 한 스푼 넣고 티스푼으로 휘저었다. 달그락달그락.

근데 왜 호랑이에게 쫓기는 건 흉몽이고, 물리는 건 길몽이지? 인경이 말하면서 내가 설탕을 넣은 커피를 가져가 한 모금 마셨다. 꿈에서 호랑이에게 쫓기기도 하고 물리기도 했지만 나 역시 그걸 알 수는 없었다. 어중간하게 설탕을 왜 넣은 거야? 인경이 물었다. 설탕을 한 스푼만 넣은 커피는 달지 않았는데 그렇다고 설탕을 넣지 않은 커피와 같지도 않았다. 그렇다고 나는 설탕을 두 스푼 넣고 싶지도 않았다. 설탕은 이미 커피에 녹아버렸다. 꿈도 그렇고, 설탕을 한 스푼만 넣은 커피도 그렇고…… 나라는 인간은 아무튼 어중간한 인간이라는 생각을 하고 있었는데 초인종이 한 번 간결하게 울렸다.

누구지?

나야 모르지.

인경이 어깨를 으쓱했다. 인터폰이 고장 나서 현관문에 대고 누구세요, 물었는데 별말이 없어서 좀 더 가까이 귀를 대고 누구세요, 재차 물었더니 야옹야옹 고양이 소리가 들렸다. 그 소리가 애처롭기도 하고 장난스럽기도 했다. 웬 고양이? 열어주자. 인경이 문을 열어보라며 손짓했다. 나는 고개를 갸웃했지만 인경이 그러라고 해서 문을 열었다.

30도쯤 현관문을 열었는데 호랑이가 있었다. 호랑이가 야옹야옹 고양이 소리를 냈다. 집으로 들여보내주라고 했다. (그런 것 같았다.) 나는 고개를 돌려 인경을 바라봤다. 인경이 호랑이를 데리고 오라고 손짓했다. 그러고는 커피를 한 잔 새로 만들었다. 나는 호랑이가 들어올 수 있도록 현관문을 45도쯤 열었다. 호랑이가 집으로 들어왔다. 네 발로 오다가 현관을 넘어설 때 사람처럼 두 발로 서서 걸어 들어왔다. 야옹야옹 소리를 내며 집들이를 온 손님처럼 집 여기저기를 구경하다가 인경이 새로 내린 커피를 테이블에 놓고 의자를 놓아주자 호랑이가 다가와 앉았다.

호랑이가 그르릉그르릉 하면서 양손으로 커피 잔을 잡고 커피를 홀짝였다. 뜨거운지 한 모금 커피를 입안에서 호로록호로록했다. 나는 인경과 호랑이를 번갈아 보고, 인경도 나와 호랑이를 번갈아 봤다. 호랑이도 나와 인경을 번갈아 봤다. 그러고는 짧게 콧김을 내뿜더니 호랑이는 커피 잔을 내려놓고 설탕을 한 스푼 넣었다. 달그락달그락.

그르릉그르릉 호로록호로록……
호랑이를 보며, 나는 중얼거린다.
이건 또 무슨 꿈이지?

샤워

낮에 버스에서 대학 후배를 만났다. 나는 앉을 자리가 없어서 서서 가고 있었다. 다들 자리에 앉았고 나만 서서 가고 있었다. 내가 타고 두 정거장쯤 뒤에 대학 후배가 버스에 올라탔다. 나는 버스에 타는 사람들을 일일이 확인하는 버릇이 있다. 그래서 나는 걔도 알아봤다. 체육복을 입은 중학생 두 명이 탔고 그다음에 걔가 탔다. 머리가 단정하고 정장에 구두를 신었는데 그게 어색하지 않고 산뜻해 보였다. 나는 늘 입던 옷을 입고 있었다. 편의점 갈 때도 입고 도서관 갈 때도 입고 카페에 갈 때도 입고 낮잠 잘 때도 입는 옷을 입고 있었다. 나는 걔를 알아봤지만 알은체하지 않기로 했다. 그다지 친하지도 않았고, 무엇보다 나는 걔를 좋아하지 않았다. 걔랑 별로 할 말도 없었다. 전에도 마찬가지였다. 걔는 나를 아는 척했다. 대학 다닐 때는 서로 인사도 잘 안 했는데 걔가 먼저 내 쪽으로 와서 웃는 낯으로 인사했다. 못 본 사이 걔는 아주 능숙하게 잘 웃을 줄 아는 인간이 되어 있었다. 그리고 나는 이제 심사가 꼬여서 웃는 낯에도 인상을 구기는 인간이 되었다. 그렇지만 나도 웃으며 인사했다. 걔와 이렇다 할 사건이 있었다거나 악감정이 있는 건 아니니까 나름의 노력을 보여주었다. 그러니까 나도 잘 웃어야 할 것 같아서 웃어봤는데 모르긴 몰라도 내 표정은 어색했을 것 같다. 어쩌면 어색하다 못해 불편해 보였을지도 모른다. 지금 생각해보니까 그랬을 것 같다. 아까는 나도 잘 웃었다고 생각했는데.

허연 물때가 가득한 욕실 거울에 나는 얼굴을 비춰본다. 노력해서 한껏 웃어보지만 내가 봐도 불편해 보인다. 어색하고. 거울에 허연 자국들이 너무 많다. 이 집에 이사 온 지 1년이 넘었지만 거울을 닦아본 기억은 없다. 1년 동안 거울 한번 닦지 않고, 나는 아무 것도 안 한 것 같다. 세면대도 더럽다. 음 칫솔을 언제 바꿨더라, 아마도 한참 된 것 같다. 얼굴에는 잡티가 왜 이렇게 많은지, 혈색은 허여멀건 하다. 오늘따라 눈에 보이는 것들이 많다. 신경 쓰인다.

아까 버스에서 걔는 두 손가락으로 손잡이를 잡고 서서 자기 자신에 대해서 이야기했다. 말 그대로다. 걔는 자기 자신에 대해서 이야기했다. 그것만 이야기했다. 내 안부는 묻지도 않았다. 나를 제대로 알아본 걸까? 걔가 다른 사람과 나를 착각했다는 생각이 든다. 여하튼 걔는 대뜸 내 옆에 서서 자신이 대기업에 취직을 했고 회사에서 인정받고 있으며 연봉도 꽤 많이 받는다고 했다. 나는 누가 무슨 말을 하든 그래도 맞장구를 치며 듣는 척을 하려고 하는데 걔는 내 반응을 기다리거나 기대하는 것 같지도 않았다. 나는 좀 듣는 척을 하다가 눈만 뜨고 무표정하게 있었는데 걔는 내 얼굴을 보지도 않고 창밖을 보며 신나게 떠들어댔다. 그리고 이번 달에 결혼을 한다고 했다. 무슨 호텔에서 한다고 그랬는데 무슨 호텔인지는 잊어버렸다. 나는 버스 안이 좀 덥다고 느꼈다. 결혼할 사람도 다른 회사이긴 한데 비슷한 급의 대기업에 다닌다고 했다. 나는 압력밥솥 안의 쌀이 된 것 같았다. 걔는 쉬지 않고 말했다. 버스 안은 덥고 답답했다. 뒤에서 가던 체육복을 입은 중학생 두 명이 곁눈질로 걔랑 나를 흘끔거리다가 나와 눈이 슬쩍 마주쳤다. 눈을 피했다, 나는. 걔는 쉬지 않고 말했다. 결혼을 하면 서울에 집을 지을 거라고 했다. 집에 이름을 붙인다고 요즘 그걸 고민하고 있다고 했다. 나는 요즘 뭘 고민하지? 나는 압력밥솥 안에서, 밥이 되어가고 있었다.

샤워기 물을 튼다. 오늘따라 빗소리 같다. 비를 맞는 걸 싫어하지만 샤워기에서 내리는 비는 괜찮다. 따뜻하고, 깨끗하니까. 나는 비를 맞으며 기다린다. 뭘 하든, 나는 기다리고 있는 것 같다. 따뜻함이 무뎌서 온도를 조금 올린다. 샴푸를 짜고, 머리를 감는다.

걔가 하는 말들을 듣다가 문득 나는 허전하고 억울한 기분이 들었다. 일을 하고 아무런 대가를 받지 못한 것처럼. 물론 오랜만에 만난 학교 선배에게 자신의 안부를 말할 수는 있겠지만, 그저 학교 선배라는 이유만으로 궁금하지도 않고 별로 좋아하지도 않는 후배의 안부를 잠자코 들어주고 있는 것도 이상한 일 같았다. 그래서 나는 내 얘기도 좀 해보려고 했는데 아무래도 나는 할 수 있는 말이 없었다. 그것도 나를 허전하고 억울하게 했다. 나는 어디인지 확인하지도 않고 하차 벨을 눌렀다. 하차 벨은 내가 누르기 전에 누군가 눌러놓았다.

꼼꼼하게 얼굴과 몸 구석구석 비누칠을 한다. 내가 하얗게 되어서, 나는 아무도 아닌 것 같다.

'내가 만약 비누라면 샤워를 하다 녹아 사라질 텐데.'

나는 거울에도 비누칠을 한다. 비누 인간은 사라진다. 거울도 말끔해진다.

기다랗게 풀이
자란 공터에서

적당히 습하고 시원한 공기가 피부에 스며들었다. 저녁 내내 퍼붓듯 비가 내리다가 한 시간 전쯤 그쳤다. 그 틈에 개구리들이 요란스레 울어대고 있다. 비 그치고 밤은 너무 투명해서 그 소리가 정말로 잘 들린다. 구름의 움직임도 잘 보인다. 밤의 구름이 기류를 타고 유유히 흘러간다. 연두와 나는 베란다에 의자를 나란히 놓고 앉아 바깥을 보고 있다. 아파트 뒤쪽으로 보이는 도로로 드문드문 자동차들이 지나간다. 도로와 아파트 사이에는 공터가 있고 그 주변으로 풀들이 기다랗게 자라 있다. 개구리들은 보이지 않지만 그들은 있을 만한 곳에 있을 것이다. 그곳에서 일정한 소리를 내고, 일제히 멈췄다가, 다시 소리를 낸다.

연두가 말했다.

"무슨 경보음 같네."

"개구리 우는 소리?"

"어. 경보음 같아. 자동차 도난 방지 센서, 구급차 사이렌 소리, 뭐 그런 거."

"듣고 보니 그러네. 뭘 알려주기 위해서?"

"자기 할 일을 하는 거겠지. 개구리들은." 연두가 말했다. 연두는 구부정하게 있다가 허리를 펴 자세를 고쳐 앉았다. “우리가 알아차려야 해. 어떤 말이 들리는지.”

나도 자세를 고쳐 앉았다. “어떻게 들리는데?” 내가 물었다.

연두는 기다랗게 풀이 자란 풀숲에 시선을 두고 잠시 입술을 우물우물했다.

“개굴개굴.” 연두가 개구리 소리를 냈다. “물건 좀 제자리에 갖다 놓으라굴. 운동은 했냐굴. 그림은 언제 그릴 거냐굴. 돈은 어떻게 벌 거냐굴.”

개굴개굴. 개구리들이 함께 운다.

“뭐야, 다 내가 했던 말이잖아. 잔소리하지 말란 말을 이렇게 돌려서 하다니.”

연두가 배시시 웃음을 흘렸다.

“넌 어떻게 들리는데?”

연두가 내게 물었는데, 뭔가 그럴듯한 말이 생각나지 않았다.

“잘 모르겠어. 좀 더 들어볼게.”

나는 개구리 울음 소리에 좀 더 귀를 기울이는 척을 하며 연두가 내게 했던 잔소리들을 머릿속으로 정리해보고 있었는데, 순간 개구리들이 일제히 울음을 멈췄다. 연두가 나를 흘끔 보며 웃음을 터뜨렸다. “뭐야,

갑자기 왜 멈춰?" 나도 실소가 나왔다.

시간은 자정을 향해 가고 있다. 연두와 나는 잠이 오지 않아 밖에 나갔다 오기로 했다. 베란다에서 보이는 공터로 갔다. 주변에 기다란 풀들이 잔뜩 있는, 그저 텅 빈 공간. 근처에 가로등 불빛이 하나 있다. 우리는 그곳을 천천히 돌아다녔다. "아파트에 어쩌다 이런 곳이 있게 됐을까?" 연두가 말했다. 아닌 게 아니라, 아파트의 공간이라 할 만한 곳들은 모두 각각의 용도가 있다.(그런 것처럼 보인다.) 그런데 이 공터는 주차장도 아니고 놀이터도 아니고 체육 공간도 아니다. 나는 이곳을 누군가 어떤 용도로 사용하는 걸 한 번도 본 적이 없다. 후미진 곳에 있고 크기도 애매하고 주변 관리도 되어 있지 않은데 그렇다고 불편하거나 보기 싫은 정도는 아니어서, 그저 내버려두는 걸까. 연두는 어쩌면 다른 사람의 사유지일지도 모른다고 했다. 공터의 주인에겐 여름의 열풍기처럼 전혀 쓸모가 없어서 잊힌 건지도 모른다고. 아무튼 그런 곳에 시간을 먹은 풀들이 기다랗게 자랐고, 개구리들이 울어대고 있다. 개구리 우는 소리에 맞춰 내가 말했다.

"물건 좀 제자리에 갖다 놓으라굴."

연두가 장난스럽게 맞장구쳤다.

"잔소리하지 말라굴!"

밤공기는 청량하고, 우리는 공터 가장자리를 따라 돌며 자박자박 걸었다. 연두가 걸음을 멈추고 아파트를 바라봤다. 나도 연두의 시선을 따라 그곳을 봤다.

"뭘 찾고 있어?"

연두는 시선으로 뭔가를 찾고 있는 듯 보였다.

"우리 집."

연두가 말했다.

"12층, 왼쪽에서 세 번째…… 어? 누군가 있다."

내가 작게 소리쳤다. 그곳 베란다에 두 사람이 밖을 내다보고 있었다. "누구지?" 나는 눈을 크게 뜨고 다시 그곳을 봤다. 두 사람이 있었다.

"우린가?"

연두가 말했다.

"뭔 소리야. 우린 여기 있는데."

"그럼 저 사람들은 누구지?"

나는 다시 아리송한 눈으로 찬찬히 우리 집을 찾아봤다. 연두도 그렇게 해보더니 내 어깨를 툭 치며 말했다. "아니야. 잘못 찾았어. 우리집은 12층,

오른쪽에서 세 번째. 거긴 지금 아무도 없어. 거실 불은 안 끄고 나왔고."

"그래?"

나는 연두 말 대로 시선을 움직여 우리 집을 다시 찾았다. "그러네. 착각했어."

연두와 나는 크크 납작하게 웃었다.

"저 사람들도 창밖을 보고 있어. 저 위치면 1204호인가? 우릴 보고 있나? 아까 우리도 이쪽을 보고 있었는데."

"그런 것 같기도 하고. 어쩌면 지금 베란다에서 창밖을 보고 있는 사람들이 꽤 많을지도 몰라. 근데 오늘 6월 마지막 날 아니야?"

연두가 물었다.

"아마, 그럴걸?"

나는 말하고 핸드폰 화면을 켜서 날짜를 재차 확인했다. 자정이 가까이 있었고 6월이 한 시간도 남지 않았다. 6월이 가고 그다음 달이 오는 게 우리에게 특별한 의미가 있는 건 아니지만 6월이 다 가기 전 6월을 확인해볼 수 있어서 어딘지 모르게 마음이 놓였다.

"이제 여름이네."

연두가 말했다.

"정말로 그래."

그사이 개구리들이 우는 걸 잠시 멈췄고 우리는 풀숲 가까이 가봤다. 개구리들은 보이지 않았다. 나는 보이지 않는 개구리들을 찾고 있었다.

"이맘때였어. 오늘. 6월의 마지막 날." 말없이 풀숲을 들여다본 다음 연두가 중얼거리듯 말했다. "이모 말이야. 지금은 도통 뭘 하며 지내는지 모르는."

"어, 전에 봤었지. 근데 이모님이 왜?"

"전에 아주 어릴 때, 내가 유치원도 가기 전에 이모가 술에 잔뜩 취해 들어와서 나한테 그런 말을 한 적이 있거든." 낮은 목소리로 연두가 말했다. "자기가 사랑하는 사람이 있는데, 오늘 갑자기 비를 맞아서 개구리가 되어버렸다고."

"그게 무슨 말이야?"

"그 말만 하고 이모는 쓰러져 잠들었어. 본인은 무슨 말을 했는지 기억도 못하고. 개구리 우는 소릴 들으니까 생각나네."

나는 딱히 할 말이 생각나지 않아서 입술을 오므리고 있었다.

“그날이 이모 생일이어서 엄마가 저녁상을 차려놨는데, 이모가 술에 너무 취해 들어와서 주인공 없이 저녁을 먹었거든. 그래서 기억이 나.”

“오늘이 이모님 생신이야?”

“어.”

잠시 있다 개구리들이 또 운다. 또 운다고 연두가 말한다. 몇 번 만난 적 있지만, 나는 이모의 얼굴이 잘 생각나지 않는다. 비를 맞아 개구리가 되어버린 사랑. 아마도 은유인 것 같은데 그게 무얼 의미하는지 알 수 없을 것 같다고 생각했다. 나는 알 수 없을 것 같다고, 연두에게 말하려는데 비가 한두 방울씩 떨어졌다. 그쳤던 비가 다시 내린다. 기다란 풀들이 비를 맞고 우리도 비를 맞는다. 1204호 두 사람도 베란다 문을 닫고 안으로 들어갔다.

비가 온다고, 비가 오는 걸 알아차린 사람들이 말했다. 빗줄기는 점점 굵어지고 빗소리는 점점 크게 들리고, 우리는 서늘하고 투명한 빗속을 시간처럼 달렸다.

“개구리가 될 순 없어!”

우리가 함께 말했다.

우산 싸움

비가 한두 방울 떨어지고 있기는 했지만 내리던 비가 거의 그쳐 있었지. 사람들 몇몇이 우산을 접길래 나도 우산을 접었어. 빗물이 바람에 날렸고 나는 속눈썹이 간지러웠는데 고개를 들어보니 맞은편에 있는 사람 하나가 나를 보고 있더라. 언제부터 보고 있었는지, 다른 곳을 보다가 나를 봤는지, 아님 나를 보려고 보고 있었는지, 아무튼 그런 건 잘 모르겠는데 나를 보고 있었어. 그 사람은 다섯 걸음? 아니 열 걸음 정도 내 앞에 있었는데 왠지 표정이 뭐랄까, 의미심장하다고 해야 하나. 긴장감과 호기심이 뒤섞인 그런 얼굴이었는데 말로는 잘 설명이 안 돼. 순간이었지만 그 사람이 나를 보는 게 느껴져서 부담스러웠지. 난 최대한 태연하게 지나쳐 가려고 했어. 걸음을 빨리 해서 그 사람을 지나가려고 했지. 한 걸음, 두 걸음 그 사람이 가까워지고 있었지만 그 사람은 내게서 시선을 떼지 않았어. 비가 그쳐서 그랬나 그 사람 시선 때문인가 빗물이었나 옆머리에 길게 땀 같은 게 흘러내렸지. 그리고 경기장을 비추는 조명처럼 일제히 저녁 가로등이 켜졌어. 그때 그게 시작되었지.

하!

그 사람 외마디 기합을 넣더니 갑자기 우산을 내 쪽으로 겨누고 공격 자세를 취하는 거야. 취했나? 무슨 고약한 걸 먹었는지는 모르지만 나는 일단 도망가야 한다고 생각했어. 그랬는데 이미 우산이 나를 향해 날아오고 있었지. 몇 번이나 연달아 그게 날아왔는지는 모르겠어. 그런데 신기한 일이 뭐냐면 내가 뒷걸음질 치면서 그 우산 공격을 하나하나 다 막아내고 있었다는 거야. 이게 말이 돼? 중학생 때 청소년 센터에서 검도 수업 2주일 만에 그만두고 운동도 거의 하지 않는 내가 그렇게 반사 신경이 좋은 줄은 나도 몰랐어. 그 사람은 계속 날 공격하고 나는 능숙하게 그걸 막아냈지. 그 사람이 재빨리 내 오른쪽을 공격하면 난 그보다 빨리 왼쪽으로 피하고 내 우산으로 그 사람 우산을 부드럽게 쳐냈어. 몇 번 나도 공격해보기도 했는데 그 사람도 만만찮았지. 나는 몰두했고, 나도 모르게 그렇게 하고 있었던 거야. 주변에 지나가는 사람들이 있었는지 없었는지는 모르겠어. 갑자기 일어난 우산 싸움에 휘말려 나는 정신이 없었으니까. 얼마나 그러고 있었는지도 모르겠어. 아주 잠깐이었던 것 같기도 하고 한참인 것 같기도 했어. 아무튼 그러다가 다시 비가 퍼붓듯이 쏟아졌는데, 그제야 그 사람과의 우산 싸움이 끝이 났지. 비가 쏟아지니까 그 사람은 공격을 멈췄어. 그 사람은 발그레한 숨을 고르고, 한결 편해진 얼굴이 되어 있었지. 긴장감과 호기심이 뒤섞인 그 첫인상과는 다르게, 변해 있었어. 나는 멈춰 서서 그 얼굴을 보고 있었지. 그때 멈춰서 뭘 생각하고 있었던 것 같은데 기억은 안 나. 빗소리만 기억이 나지. 나는 내리는 비를 가만히 맞고 있었어. 내가 비를 맞고 있다는 걸 알아차리기 전까지. 그사이 그 사람은 우산을 펴고 유유히 걸어 멀리 가버렸고.

– 너, 도깨비한테 홀린 거 아니야?

아마 그랬는지도 모르지. 그랬을 거야.

걱정

나는 상담사가 아니고 정신과 의사도 아니다. 그런데 내 주위 사람들은 내게 걱정을 잘 말한다. 그럴 수 있다고 생각하는 것보다 더 자주 나는 다른 사람들의 걱정을 듣는다. 나와 가까운 사람도 내게 걱정을 말하고 처음 만난 지 15분밖에 안 된 사람도 내게 걱정을 말한다. 솔직히 나는 걱정을 듣는 걸 좋아하지 않는다. 싫지만 싫은 내색은 잘 안 한다. 싫은 내색을 하지 않아서 그런가? 싫어서 나름대로 여러 번 여러 명에게 싫은 내색을 해보기도 했지만 별 소용은 없었다. 나는 사람들이 특별하다고 여길 만한 조언을 해주는 것도 아니고 속이 시원해지는 해결책을 제시해주는 것도 아니다. 그런데 사람들은 내게 걱정을 말한다. 왜 내게 그러는지 나는 잘 모르지만, 나는 지금도 걱정을 듣고 있는 중이다.

분무기로 몇 번 뿌려댄 듯 비가 약간 흩날리다 그친 금요일 저녁 7시 30분이다. 내게 걱정을 말하고 있는 사람은 오늘 처음 본 사람이다. 이 사람은 나와 만난 지 15분 만에 내게 걱정을 말하기 시작했다. 이 사람과 나는 밋밋한 분위기의 카페 구석 창가 자리에 마주보고 앉아 있다. 이 사람은 자신의 얘기를 너무 많이 하는 것 같다고 하면서도 너무 많이 그걸 내게 말하고 있다. 게다가 나는 이야기가 너무 길게 들어가는 것 같았다. "너무 길지 않나요?"라고 내가 말했더니 "그러게요."라고 그 사람이 말했다. 아무튼 나는 적당히 고개를 끄덕이며 이 사람 등 뒤에 놓인 기다란 침엽수 화분에 시선을 두었다가, 창유리에 맺혀 있는 잘잘한 물방울들을 살펴보다가, 스치듯 이 사람 콧방울을 봤다가, 다시 침엽수 화분으로 눈을 돌렸다. 이 사람은 학교 친구가 한번 만나보라고 소개해준 사람이다. 반듯하게 생겼다고 해야 하나, 특징이랄 게 없다고 해야 하나, 아무튼 그렇게 생겼다. 그런데 말이 많다. 말이 잠깐 끊길 때 앞머리를 만지는 습관이 있다.

한 시간쯤 지났나, 이 사람은 걱정이 한두 가지가 아니다. 반듯하게 생긴 사람도 걱정이 정말 많네, 생각하고 있다. 이 사람은 걱정을 정말로 걱정하는 것 같지도 않다. 나는 커피를 다 마셨는데 이 사람은 걱정 같은 걸 말하느라 커피 잔에 커피가 그대로 있다. 이 사람이 앞머리를 만지고 있다. 전화가 울린다. 내 건 아니다.

전화를 받아도 되겠냐고 이 사람이 내게 물어서

그러라고 했다.

내가 길을 걷고 있는 중에 비가 다시 내렸다. 그 사람은 전화를 받고 급한 일이 있다면서 먼저 갔다. 반듯한 얼굴로 먼저 간다고 하길래 나는 속으로 욕을 했다. 내 표정이 어땠는지는 모르겠다. 그 사람 얼굴은 어딘지 모르게 시원하고 말끔해 보였다. 그런 얼굴로 이렇게 말했다. “원래 제가 제 얘기를 잘 안 하는데, 오늘은 좀 이상하네요.” 그 말을 듣고 ‘무슨 말이지? 내가 이상하다는 건가?’ 생각이 들어서 나는 그 사람이 뭐라고 하는 말도 못 들었다. 대충 인사하고 뒤돌아 걸어갔다. 그 사람과 다음에 또 만나고 싶지 않았다. 서로 아는 사이가 되면 내게 걱정 하나가 생길 것 같았다.

나는 한 시간쯤 오늘 처음 만난 사람의 걱정만 들어주다가 다시 집으로 가고 있다. 저녁이 밤이 되었다. 집으로 가는데 어떤 두 사람이 내 뒤를 졸졸 따라왔다. 내게 점점 다가왔다. 그들 중 한 명이 내 얼굴에 근심이 많다고 하면서 조상님께 제사를 지내야

한다고 해서 나는 네, 네, 대충 얼버무렸다. 그들은 몇 번 더 내게 그런 말들을 했고 어떤 느낌(위기감)을 느낀 나는 도망치듯 걸음을 재촉했다. 그들은 좀 따라오다 말았다.

나는 그들을 피해 아무 데로나 갔다. 주위가 어둑했다. 하나 있는 가로등 불빛도 꺼질 듯 흐렸다. 흐린 가로등이 달린 전봇대 밑에 쓰레기봉투가 가득 쌓여 있었다. '이곳에 쓰레기를 버리지 마시오.' 경고문이 있었다. 가득 쌓인 쓰레기봉투가 문제인 걸까, 쓰레기를 버리지 말라는 경고문이 문제인 걸까. 나는 뭐가 문제인지 헷갈렸다. 내게 상습적으로 자신의 걱정을 말하는 학교 친구가 있는데 그 애에게 그걸 물어보고 싶었다.

나는 전화기를 꺼내려고 가방에 손을 넣었다. 무슨 일인지 가방에 잡다한 물건들과 끈적끈적한 액체가 가득했다. 전화는 다음에 하고 일단 이것부터 어떻게 좀 하자고 생각했다.

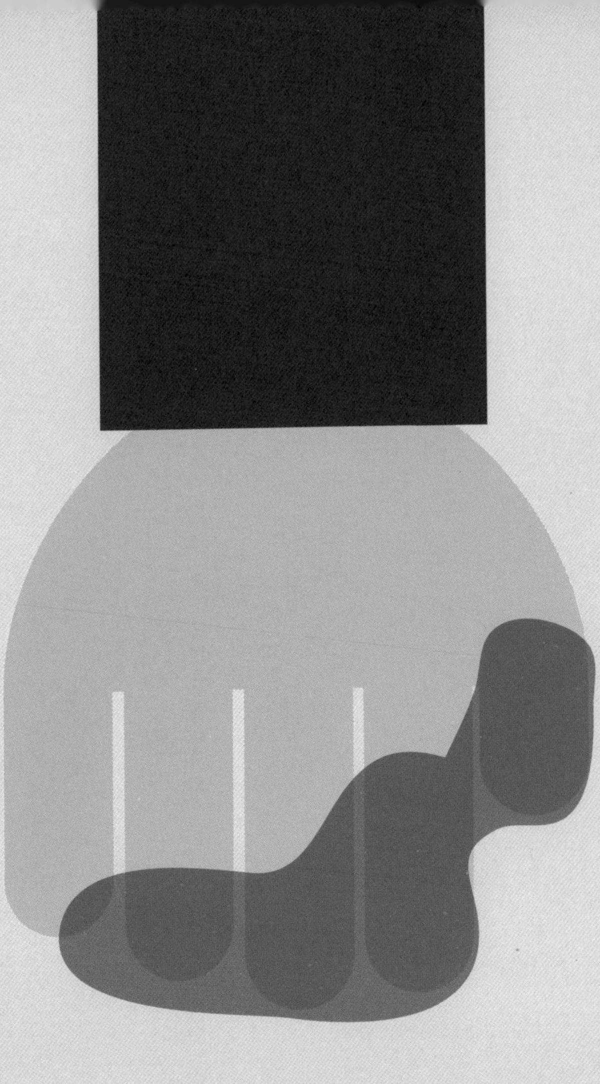

소설 쓰기

명원은 소설 작가다. 일주일에 5일을 대학 선배가 운영하는 학원 사무실로 출근을 하고, 소설 작가로서는 그간 단편소설집 한 권만을 썼을 뿐이지만 그는 자신이 소설 작가가 아닌 다른 무엇이길 바라지 않는다.
그래서 명원은 소설 작가다. 아무튼 그가 쓴 단 한 권의 단편소설집은 1쇄도 채 팔리지 않았다. 그 책은 어제부로 판권 계약이 끝났다. 오늘 오전 출근하는 길에 그는 출판사 편집자로부터 잘 지내시라는 문자메시지를 받았다. 그는 잠시 걸음을 멈추고 싶었다. 근처 계단 아래쪽에 앉아서 답장에 편집자님도 잘 지내시라는 말을 쓰고, 다음에 기회가 되면 다시 만나 뵐 수 있었으면 좋겠다는 말을 지우는 동안 그는 자신에게 다음 계획이 전혀 없다는 걸 알게 되었다.

명원은 가는 길에 자판기에서 생수 하나를 뽑아 들이켰다. 너무 급하게 마셨는지 학원에 도착할 때까지 딸꾹질을 했다.

쉬는 날이 되어 명원은 친구인 희규를 오랜만에 만나기로 했다. 카페에서 그는 희규를 기다렸다. 한 시간 일찍 와서 먼저 커피를 마시며 뭐라도 써볼 생각이었지만 그는 20분 늦게 친구가 올 때까지 아무 것도 쓰지 못했다. '뭐라도 써야 해. 그런데 뭘 쓰지? 그래도 뭐라도 써야 해. 그런데 뭘 쓰지? 내가 뭘 쓸 수 있지?'

이런 생각을 반복해서 했을 뿐이었다. 그래도 뭐라도 써야 하는데 뭘 써야 하는지, 자신이 뭘 써도 되는지 그는 도통 감이 오지 않았다. 쓴 커피만 연신 마시다 그는 또 딸꾹질을 했다.

명원이 처음 소설을 쓰기 시작했을 때는 뭐든 쓸 수 있을 것 같았는데, 어쩐 일인지 이제는 그렇지가 않다. 그가 어떤 것에 대해 쓰고 싶은 마음이 들었다가도 (그의 마음속에) 그걸 쓰지 말아야 할 이유들이 시끄럽게 초인종을 누르고 창문을 두드리는 바람에 소설 쓰기를 곧 그만두고 마는 것이었다.

예를 들면 이렇다.

소설 속에 여성 인물이 등장한다. 그 여성 인물에 대해 쓰려고 하면 '나는 여성에 대해 잘 모르는데 써도 될까? 여성 독자들이 불편해하지 않을까?' 하는 생각이 들고, 소설 속에서 살인 사건이라도 일어나면 '생명

윤리에 어긋나지 않을까? 살인 사건을 겪었던 사람들이 불편해하지는 않을까?' 하는 생각이 들어 쓰기를 멈춘다. 그렇다면 내 일상과 경험을 바탕으로 써보자고 마음먹으면 '필연적으로 내 주변 사람들이 등장할 텐데, 그들이 글을 보면 오해하고 불편해하지 않을까?' 하는 생각이 들어 또 멈추는 것이다. 소설을 쓰려고 할 때마다 명원은 그것을 써보기도 전에 피곤해져버린다. 그럼 자기 자신에 대해서만 쓰는 건 어떨까? 하지만 그는 독백하듯 자기 자신에 대해서만 쓰는 소설은 재미가 없어서 이제 그런 건 더 이상 쓰고 싶지가 않다. 자기 자신에 대한 관심과 흥미는 언제인지 모르게 사라졌다.

20분 늦게 도착한 희규는 변명을 늘어놓았다. 일찍 집에서 나왔지만 요즘 시력이 부쩍 나빠져서 버스 번호를 잘못 봤다, 그래도 너무 늦지 않게 버스를 잘못 탄 걸 알아채고 얼른 내려 맞게 번호를 보고 버스를 탔다, 하지만 건너편에서 타야 했던 것이었다, 그래도 너무 늦지 않게 알아채서 건너편으로 갔고 맞게 번호를 보고 맞는 방향인지도 확인하고 버스를 다시 탔다,

그때까지만 해도 시간은 늦지 않았다, 그렇지만 사건이 하나 있었다, 버스에서 우연히 누굴 만났는데 그 사람과 어쩔 수 없이 이야기 좀 하느라 늦었다, 는 것이었다.

"누굴 만났는데 그래?"

명원이 희규에게 물었다.

"회사 여직원. 실명을 밝힐 수는 없으니까 그냥 순이 씨라고 할게."

희규가 말했다.

"그런데? 그 순이 씨가 왜?"

"그러니까 그 순이 씨가…… 지난주 목요일 밤에, 사람을 죽였다고 하더라고."

명원은 자신이 바람을 넣다 만 풍선 같다고 느꼈다.

왜인지는 모르겠지만

김믿음의 옛 친구 배배는 달리기를 잘했다. 그리고 돈을 갚지 않았다. 그가 빌린 돈은 45만 원이다. 배배가 믿음에게 돈을 빌리고 그것을 갚지 않은 지 꽤 오랜 시간이 지났다. 그들이 관계를 청산한 지도 오랜 시간이 지났다. 믿음은 배배의 번호를 지웠고, 배배가 그 후 전화번호를 바꿨기 때문에 믿음이 그에게 연락할 수는 없었다. (한 번 이메일을 보낸 적은 있었지만 없는 계정이라는 안내와 함께 곧바로 반송되었다.)

믿음은 오늘 늦게 일어났다. 곧 정오였다.

믿음은 배배가 빌려가서 아직까지 갚지 않은 45만 원을 떠올리곤 했다. 그 돈을 받을 수 있을 것 같지는 않았고 꼭 받아내야겠다는 의지도 별로 없었지만, 때때로 (예를 들면 마트에서 물건을 샀는데 카드 잔액이 모자라 물건 몇 개를 빼야만 했을 때, 카페에서 커피와 함께 먹을 케이크를 골랐다가 입술을 삐쭉 내밀며 커피만 주문했을 때, 고급 식당에 가서 기분을 내고 싶을 때, 원룸 월세를 낼 때……) 그것이 떠올라 그의 기분을 망쳐놓았다.

믿음의 핸드폰에 문자메시지가 와 있었다. 집주인의 월세 독촉 문자였다. 그것을 보고 믿음은 인상을 구겼다. 45만 원이 또 기억났기 때문이다. 45만 원이면 여차저차 이번 달 월세를 낼 수 있다. 믿음은 배배의 얼굴이 또 떠올랐다. 배배는 뺀질뺀질한 인간이었다. 그는 하나에 집중하지 못하고 늘 도망만 다녔다. 친구 관계에도 소홀했다. 돌이켜보면 믿을 만한 구석이 하나도 없었는데 어째서 그를 친구라 여기고 관계를 유지했는지, 게다가 돈까지 빌려줬는지 믿음은 알 수 없었다. 어쩌면 친구가 아니었는지도 모른다고 믿음은 생각했다. 난로 위의 주전자처럼 은근히 그의 속이 끓었다.

핸드폰에는 집주인의 문자와, 스팸메시지 몇 개가 있었고, 중고거래 사이트 알람메시지도 있었다. 어젯밤 믿음은 자신의 노트북을 팔기로 결정하고 중고거래 사이트에 매물을 올려놓았다. 그걸 누군가 사겠다고 했다. 믿음은 공무원 시험을 준비하고 있는데 비싼 학원비 때문에 학원에 다니는 대신 노트북을 사서 인터넷 강의를 들었다. 물론 노트북을 사는 것도 부담이었지만 믿음에게는 계획이 있었다. 합격한 뒤에 노트북을 중고로 팔면 된다는 계획이었다.

하지만 합격은 생각보다 어려웠고 준비 기간은 한없이 길어지고 있었다. 계획대로 되는 건 하나도 없지만 믿음은 시험 준비에 계속 매달렸다. 그것이 믿음을 점점 무기력하게 했다. 하지만 믿음은 또 계획을 세운다.

믿음은 중고거래 사이트 알람을 확인하고 거래 상대에게 답장을 보냈다. 믿음과 거래 상대는 한 시간 뒤 비탈길 편의점 앞에서 만나기로 했다. 믿음은 어젯밤 준비해둔 노트북을 챙겼다. '일단 노트북을 팔고 월세를 내자.' 믿음은 그렇게 계획을 세웠다. 사겠다는 사람도 있으니까 이 정도면 간단하게 성공할 수 있는 계획이라고 믿음은 생각했다. 그럴 수 있으리라 믿었다.

비탈길 편의점 앞에 믿음이 도착했을 때 거래 상대는 보이지 않았다. 믿음은 늦을까 봐 서둘러, 약속 시간보다 10분 일찍 도착했다. 그늘도 없이 해가 쨍한 여름날이다. 비탈길을 걸어올라 와서 기다란 땀줄기 하나가 등을 타고 흘러내렸다. 강한 햇볕에 믿음은 얼굴을 찡그렸다. 믿음은 이마에 손을 대고 그늘을 만들었다. 급하게 만든 작은 그늘 아래 믿음은 초점 잃은 눈으로 자신의 신세와 문제에 대해 읊조리듯 생각해보고 있었다. 건너편에 백로 한 마리가 한가롭게 걸어가고 있었다. 백로? 이상함을 느낀 믿음의 눈이 그 흰 것에 초점을 맞췄다. 백로가 아니었다. 흰색 반팔 반바지 운동복을 입은, 배배가 긴 다리 큰 걸음으로 천천히 비탈을 올라가고 있었다. 백로가 아니라 배배인 것을 확인한 믿음은 호흡이 불규칙해졌다. 중고거래를 할 건지, 배배에게 가서 45만 원을 받아낼 것인지 갈등했다. 믿음은 둘 다 해보기로 한다. 얼른 배배에게 가서 45만 원을 돌려 달라 단단히 얘기를 하고 연락처든 돈이든 확답이든 믿을 만한 것을 받아낸 다음, 2시까지 편의점 앞으로 돌아와 노트북을 팔면 된다는 계획을 세웠다.

'그러면 돼.'

믿음은 길을 건넜다.

믿음은 달린다. 배배가 도망갔기 때문이다. 그는 믿음이 건너편에서 길을 건너오는 걸 보고 달리기 시작했다. 믿음은 생각할 겨를 없이 곧장 그를 뒤쫓았지만 배배는 그보다 빨랐다. 거리는 좁혀지지 않고 계속 멀어지기만 했다. 게다가 노트북을 들고 비탈길을 달리는 건 힘든 일이었다. 오늘은 폭염주의보가 내려졌다.

땀줄기가 연신 뺨을 타고 흐르지만 믿음은 계속 달린다. 좁은 골목길을 돌아 계단을 또 오르고, 잠시 내리막을 지났다가 다시 골목길을 통과해 달리고 계단을 또 오른다. 오르락내리락 미로 같은 곳이다. 믿음은 자신이 어디를 달리고 있는지, 시간이 얼마나 지났는지 짐작되지 않았다. 7월 무더위에 얼굴은 붉게 달아오르고 장맛비처럼 땀이 내려도 믿음은 계속 달렸다. 하지만 배배가 보이지 않는다. 그는 뺀질뺀질하게 잘도 도망쳤다. 믿음은 다리가 후들거려서 잠시 멈춰 있었다. 갑자기 뜨끔한 기분이 들어 핸드폰을 확인해보니 노트북을 사기로 한 사람이 보낸 메시지가 있었다. 그는 계속 기다리다 집으로 돌아간다고 노트북을 사지 않겠다고 했다. 시간은 어느덧 2시 15분이었다. 또 계획이 틀어졌다. 간단한 계획인 줄 알았는데 또 그렇지가 않았다.

앞쪽에서 자전거 차임벨 소리가 들렸다. 믿음은 고개를 들었다. 자전거 한 대가 지나가고 있고 배배가 주변을 살피며 맞은편 골목길 계단을 내려오고 있었다. 두 사람 눈이 마주치고, 배배는 또 도망갔다. 믿음은 다리가 움직이지 않았다. 믿음이 할 수 있는 일은 몸을 숙이고 가쁜 숨을 고르며 뚝뚝 떨어지는 땀방울이 아스팔트 바닥에 자국을 남기는 걸 바라보는 것뿐이었다. 그는 자기 자신의 문제, 아니면 이번 달 월세에 대해서라도 차분히 좀 생각해보고 싶었지만 그럴 수 없었다. 숨이 너무 차서 아무 생각도 할 수 없었다. 애초에 배배를 쫓아와서는 안 되는 것이었는지도 모른다. 믿음은 고개를 저었다. 그는 땀에 젖은 옷으로 땀을 닦고 길가에 앉았다. 바람이 아주 조금 불어왔다. "믿음아!" 멀리 떨어진 곳에서 누군가 자신의 이름을 불렀다. 소리가 난 쪽을 보니 배배가 있었다. 배배는 지친 기색 하나 없이 명랑한 얼굴이었다. 배배가 명랑한 목소리로 말했다. "힘내!"

그리고 배배는 가벼운 발걸음으로 사라졌다. 이제 믿음에게 다음 계획은 없지만 어쩐지 그는 힘이 났다. 힘내라는 배배의 어이없는 명랑함 때문인지, 폭염 속에서도 부는 약간의 바람 때문인지, 왜인지는 모르겠지만.

달나라에 가는 방법

그날 저녁은 평소보다 일찍 일기를 썼다. 여느 때처럼 기분이 미지근했다. (일기를 쓰고 나면 기분이 미지근해진다.) 시월 어느 저녁이었다. 일기에는 별일 없었다고 썼다. 누굴 만나지도 않았고 통화하지도 않았고 그저 하루 종일 소파에 누워 있었다고 썼다. 나의 일상은 별일 없이 평온하기만 한데, 나는 그걸 날마다 쓴다. 왜 이런 시시한 일상을 남겨두려는 걸까? 내가 알지 못하는 나의 문제를 찾고 있는지도 모른다고 나는 막연히 생각했다.

나는 냉장고에 있는 밑반찬들을 꺼내 혼자 식사를 했다. 그릇 두 개를 간단히 설거지했다. 그런 다음 인스턴트커피 한 잔을 만들었다. 차가운 커피를 만들려다가 커피포트에 물을 끓였다. 여름 습관이 어색한, 쌀쌀한 저녁이었다. 나는 따뜻한 커피를 만들었고 그걸 마당에 있는 테이블로 가져갔다. 나는 2층 낡은 벽돌 주택 1층에 산다. 이곳에 6년째 살고 있다. 불편한 점들이 꽤 있지만 월세가 저렴하고 작고 아늑한 마당이 있다. 마당에는 아담한 정원이 있고 편안한 의자와 테이블이 있다. 나는 자주 마당에 나가 시간을 보낸다.

해는 보이지 않았지만 완전히 저편으로 넘어가지는 않아서 서쪽에 약간 파란색이 남아 있었다. 나는 마당 의자에 앉아 약간 파란 서쪽 하늘을 보고 있었다. 얼마 후면 사라질 파란색, 하늘에 달이 함께 있었다. 풀벌레가 울었다.

달이 있고 약간 파란색이 남아 있는 쌀쌀한 저녁에 나는 몸에 힘을 빼고 수면 위를 떠다니듯 의자에 앉아 풀벌레 소리를 듣고 있었다. 그 운율을. 커피를 한 모금 마시려다 잔을 내려놓았다. 마당 담 너머로 누군가 집 안을 살피고 있는 게 보였다. 그게 수상해 보였다. 어두운 저녁 시간이라 그걸 제대로 볼 수는 없었다. 어쩐지 모양이 이상해서 그게 사람인지 아닌지도 알 수 없었다. 나는 자리에서 일어나 천천히 그쪽으로 갔다. 내가 아는 사람일까 짐작해봤지만 나를 찾아올 만한 사람은 없었다. 그럼 2층에 사는 부부에게 용무가 있어 온 사람일 수도 있겠다고 나는 생각했다. 아무튼 누군가 집을 훔쳐보는 게 신경 쓰여서, 가서 2층 부부는 지금 없다고 말해주려고 나는 그 사람이 있는 담 쪽으로 갔다. (2층 부부는 4박 5일 여행을 갔다. 그들은 내게 그들의 고양이가 먹을 밥을 하루 한 번 챙겨주길

부탁했고 나는 그러기로 했다.)

담 쪽으로 가까이 가보니 정말 누군가 있었다. 그는 가까이 오는 나를 보고 흠칫 놀라며 담 아래로 몸을 숨겼다. 누굴 찾아오셨나요? 내가 물으니 담 아래 누군가가 긴장한 듯 주저주저 모습을 드러냈다. 그는 귀가 길게 축 늘어진 회색 토끼 탈을 쓰고 있었다. 정말 토끼 얼굴처럼 생긴 토끼 탈이었다. 그가 말했다.

"안녕하세요, 라고 말하면 되나요?"

토끼는 여차저차 우여곡절 사연이 있는데 아무튼 내가 사는 집에 꼭 한번 와보고 싶었다고 했다. 힘든 여정이었지만 이렇게 와볼 수 있어 기쁘다고 했다. 토끼는 2층 부부와 아는 사이가 아니었고 내가 아는 사람도 아니었다. 그런데 토끼는 나를 알고 있다고 했다. 물론 2층 부부도 알고 있다고 했다. 내 일기장을 읽어보았다며. "그리고 저는 미래에서 왔습니다."

내가 커피포트에 물을 끓이고 인스턴트커피를 한 잔 더 만드는 동안 토끼는 마당 이곳저곳을 조심스럽게 둘러보고 있었다. 만족스러운 듯 고개를 끄덕였다. 나는 커피와 함께 의자를 하나 더 가져와 테이블 옆에

놓았다. 토끼는 내게 정중한 태도로 고맙다고 말한 뒤 그 의자에 앉아 커피를 마셨다. 잘 볼 수는 없었지만 토끼 탈 주둥이 부분에 음식물을 먹을 수 있는 장치가 있는 것 같았다. 토끼는 커피를 한 모금 마실 때마다 오, 오, 감탄사를 연발했다.

그나저나 미래에서 온 토끼라니, 나는 미심쩍은 부분이 한두 가지가 아니었지만 토끼가 내게 무척 예의 있게 행동했기 때문에 일단 나도 손님 대접을 해주었다.

나는 눈치를 살피며 토끼가 커피를 적당히 마시기를 기다렸다. 그사이 약간 파란색이 사라졌다. 별빛처럼 가로등 불빛들이 주변을 밝히고 있었다. 나는 토끼에게 생각나는 대로 몇 가지 질문을 해보기로 했다. 바보 같은 질문이라고 생각했지만. 정말 미래에서 온 게 맞아요?

토끼가 말했다.

"네. 정말 미래에서 왔습니다. 미래 달나라에서요."

나는 아리송했다. 토끼의 그 말이 위협적으로 느껴지지는 않았는데 왠지 약간 겁이 났다. 어쩌면 미친 사람인지 모른다는 느낌에 나는 뜨끔했다. 그렇다면 좀 더 주의를 기울여야겠다는 생각이 들었다. 나는 긴장했다. 토끼는 내 다음 말을 기다리고 있는 것 같았다. 다음 질문을 했다. 제 일기장을 어떻게 봤어요? 전 제 일기를 아무에게도 보여준 적이 없는데.

토끼가 말했다.

"제가 사는 미래에서는 당신 일기가 아주 인기에요. 베스트셀러랍니다."

나는 순간 말문이 막혔다. 나로서는 전혀 예상하지 못한 전개였다. 말도 안 되는 소리라는 걸 알면서도 나는 내 일기가 베스트셀러라는 말에 왠지 호기심이 생겼다. 말도 안 되는 소리라는 걸 알면서도 나는 토끼에게 물었다. 그게 어떻게 그렇게 된 거죠?

"고고학자들이 최근 당신의 일기장을 발견했는데 그게 책으로 출간되었어요. 그 책을 사람들이 무척 좋아해요. 그러니까 미래의 사람들. 달에 사는 사람들이."

달에 사는 사람들?

"네. 미래에는 달에도 사람이 산답니다. 서점도 있고요." 토끼가 말했다. 미래 달나라 서점은 어떤 곳일까, 나는 잠시 짐작해봤지만 그걸 구체적으로 그려보는 건 어려웠다. 그나저나 미래 사람들이 내 일기를 좋아한다니? 지금 사람들이 내 일기를 읽으면 너무 시시해서 한두 페이지 넘겨보다 금세 덮어버릴 텐데.

토끼가 미쳤든 아니든 나는 어쩐지 토끼와의 대화가 점점 흥미롭게 느껴졌다. 토끼는 내 일기장에서 자신이 특히 좋아하는 부분들을 자랑하듯 내게 말했다. 그중에서도 내가 마당 테이블에서 보내는 시간에 대해 쓴 부분을 그는 좋아했다. 몇몇 부분은 내가 쓴 문장 그대로 토끼가 말했기 때문에, 나는 토끼와 좀 더 대화하고 싶어졌다. 그러니까 토끼님도 보셨다시피 제 일기장에서는 이렇다 할 일들이 일어나지 않아요. 누가 봐도 전혀 흥미롭지가 않죠. 그런데 왜 그런 걸 좋아하는 거죠? 미래 달나라 사람들은?

내 말에 토끼가 턱을 만지작거렸다. 아마도 적당한 말을 찾는 것 같았다. 아니면 '토끼님'이라는 내 말이 마음에 걸렸나? 나도 모르게 그 말이 불쑥 튀어나왔다.

"미래 달나라 사람들은, 그런 걸 정말 좋아해요."

토끼가 말했다. 정말 그렇다는 듯 천천히 고개를 끄덕이며.

얼마 후 자동차 한 대가 집 앞에 멈춰 섰다. 토끼 탈을 쓴 그 사람은 좋은 시간이었다고 내게 말했고 정중하게 작별 인사를 했다. 갈 시간이 되었다며.

이제 어디로 가는 거예요? 짧은 시간이었지만 나는 왠지 아쉬운 마음이 들었다. 토끼는 잠시 말없이 있었다. 토끼도 아쉬웠던 걸까.

"돌아가요. 미래, 달나라로."

토끼가 말했다. 그때 밖에 있는 자동차가 간결하게 경적을 한 번 울렸다. 나는 마음이 급해져서 한마디 아무 말이라도 더 하고 싶었다.

달나라에는 어떻게 갈 수 있어요?

토끼는 약간 비뚤어진 토끼 탈을 미세하게 고쳐 썼다.

"갈 수 있어요. 갈 수 있을 때가 되면."

토끼는 그렇게 말하고 자동차로 갔다. 토끼가 자동차 문을 열었을 때 실내등이 켜졌다. 토끼처럼 회색 토끼 탈을 쓴 사람이 운전석에 앉아 있었다. 나는 담에 몸을 기대고 서서 자동차가 가는 걸 지켜보고 있었다.

테이블 위에는 커피 잔 두 개가 놓여 있었다. 토끼는 커피를 다 마셨고, 내 잔에는 다 식은 커피가 반쯤 남아 있었다.

잊을 수 있어요

자동차는 산을 오르는 길목에 멈춰 있었다. 조금 더 올라가면 조그만 모텔 하나가 있다. 정우는 종종 함께 갔던 그 모텔로 가는 줄 알았지만 우연은 여기가 달이 잘 보인다며 가는 도중 갓길에 차를 세웠다. 차 안에서 달이 잘 보였다. 말끔한 밤하늘에 우두커니 달이 떴고 달은 서서히 잠식되어가고 있었다. 정우와 우연은 시동이 꺼진 자동차 안에서 그걸 보고 있었다. 달은 어둡게 어둡게 가려지다 이윽고 자른 손톱 모양으로 작아졌다. 우연은 잠식되어 가는 달을 보며 운전석에 표정 없이 앉아 있었다. 우연은 잘 웃는 사람이었지만 어쩐지 오늘밤 얼굴에 미소가 보이지 않았다. 정우는 흘끗 눈치를 보고 미리 챙겨 온 따뜻한 캔커피 한 모금을 마셨다. 우연에게도 하나 건네주었지만 우연은 받기만 했을 뿐 마시지는 않았다.

오늘 아침 뉴스에서는 밤 8시쯤 개기월식이 있을 거라고 했다. 정우는 점심시간에 우연에게 오늘 밤 함께 월식을 보자고 메시지를 보냈다. 우연은 그 메시지를 확인하고 그에게 그러자는 답장을 보낸 뒤 메시지를 바로 삭제했다. 그들은 같은 회사 구내식당에서 밥을 먹었지만 함께 앉지는 않았다. 멀찌감치 떨어져서 다른 사람 눈에 띄지 않게 시선을 주고받을 뿐이었다. 그들은 비밀 연애 중이다. 연애는 정우가 하자고 했고, 비밀은 우연이 하자고 했다. 회사 사람들이 알아서 좋을 게 없다는 것이었다. 정우는 아무래도 좋았다. 그는 앳된 얼굴에 맑게 잘 웃는 우연이 좋았다. 그들의 비밀, 연애는 세 달 정도 되었다. 그들의 연애가 비밀이므로 그들은 회사에서 멀고 인적이 드문 곳을 찾아다녔다. 정우는 우연에 대한 마음을 점점 키워갔다. 아직은 이른 것 같아 그는 말을 꺼내지 못하고 있지만 적당히 시간이 지나면 우연에게 결혼을 하자고 프러포즈할 생각도 하고 있었다. 이제야 결혼하고 싶은 상대를 만난 것 같아 정우는 내심 뿌듯한 마음이 들기도 했다.

"우리 100일에 뭐 할까요?"

정우가 들뜬 얼굴로 우연에게 물었다. 희미한 달빛. 우연의 눈동자가 잠시 반짝였다. 우연은 별말이 없었다. 정우는 곧 다가올 100일 기념일에 대해 말을 이었다. 비싼 식당을 예약하고 휴가를 내서 며칠 여행을 가도 좋겠다고 말이다. 다시 말없이 우연의 눈동자가 잠시 반짝였다. 월식. 달빛은 사라져갔다. 정우는 평소와 다른 분위기를 느끼고 우연의 얼굴을 유심히 살폈다.

우연의 눈에서 한줄기 눈물이 흘렀다. 반짝이는 건 눈물이었다. 정우는 휘둥그레 눈을 뜨고 그것이 정말 눈물인지 재차 확인했다. "어? 무슨 일 있어요?" 그는 깜짝 놀랐다.

우연이 양쪽 새끼손가락으로 두 눈의 물기를 훔쳤지만 곧이어 다시 눈물이 주룩 흘러내렸다. 세차게 내리는 빗물을 와이퍼로 연신 밀어내는 것처럼 두 눈의 물기를 훔쳐내지만 역부족이었다. 정우는 휴대용 티슈를 여러 장 뽑아 건네주고 우연의 어깨를 토닥여주었다. 우연은 죄송하다는 말을 반복했다. 정우는 아니라고 괜찮다고 우연을 진정시켰다.

"아니에요, 정우 씨. 죄송해요."

갑자기 울음을 그치고 우연이 말했다. 우연은 명확하게 말하고 싶은 것 같았다. 정우의 표정도 굳었다.

"뭐가 죄송한데요?"

정우가 물었다. 우연이 한숨을 푹 내쉬고 말했다. "남편이 눈치챈 것 같아요."

오늘 밤이 특별한 건 월식 때문만은 아니었다. 정우는 오늘 밤 우연에게 남편이 있다는 것과 그 남편이 아내의 비밀 연애를 눈치채기 시작했다는 것을 알게 되었다. 정우는 갑자기 목이 말라 손에 들고 있던 캔커피를 한 번에 들이켰다. 정우가 아는 한 우연에게 남편이 있다는 걸 아는 사람은 없었다. 맑게 잘 웃고 앳된 얼굴이어서 그랬을까, 아니 그것과는 상관없이 결혼을 했으면 진작 말을 했어야 하는 것이 아닌가. 아무튼 정우는 우연이 결혼을 했을 거란 생각은 전혀 하지 못했다.

"아니 그럼 왜 절 만난다고 한 거예요?"

정우가 격앙된 목소리를 누르며 말했다.

"정우 씨가 저를 좋아한다고 했잖아요."

우연이 소심한 목소리로 말했다.

"그래도 그렇지, 남편이 있으면 말을 했어야죠."

"그랬으면 안 만났을 거잖아요. 저도 정우 씨가 좋은데 어떡해요."

정우는 피곤한 듯 두 손으로 얼굴을 문지르며 마른 세수를 했다. 정우의 얼굴이 발갛고 푸석해졌다. 우연은 고개를 푹 숙인 채 조용히 있다가 기어들어가는 목소리로 그런데요 대리님 문제가 있어요, 라고 말했다.

"네?"

"문제가 있다고요." 우연이 고개를 들고 조금

큰 목소리로 말했다. "남편은 아주 나쁜 사람이에요. 질투가 너무 심해서 우리 관계를 알기라도 한다면 정우 씨를 죽일지도 몰라요."

"……네?"

"다행인 건 아직 확실히 알지는 못한다는 거예요. 그래서……"

우연이 말끝을 흐렸다. 정우는 괜히 숨을 참으며, 다음 말을 기다리려 했지만 자기도 모르게 원망하듯 말이 튀어나왔다. "그러니까 이제 우리 끝났다는 건가요?"

"이젠 잊어야 해요. 죄송해요, 대리님."

아. 짧은 탄식을 내뱉으며 정우는 두 손으로 머리를 감쌌다. 주위는 가로등도 없어 아주 어두웠다. 어제 정우는 우연과의 결혼 생활을 혼자 상상해보기도 했다. 상상력이 조금 더 있었더라면 우연에게 남편이 있을 수도 있다는 생각에 도달할 수 있었을까. 정우는 할 수 있는 말이 별로 없었다. 아무래도 우연을 잊을 수는 없을 것 같았다. 그가 말했다.

"좀 더 조심하면, 괜찮지 않을까요?"

우연은 짐짓 놀란 듯 고개를 돌려 정우를 바라봤다. 무슨 말을 웅얼거리다 말고 다시 목소리를 가다듬었다.

"아니에요. 이젠 끝났어요. 잊어야 해요."

우연이 다시 고개를 돌려 정면을 바라보며 말했다.

"어떻게 잊을 수가 있어요? 우리 사랑하잖아요."

"사랑하죠. 그래도 어쩔 수 없어요. 제가 다 잘못했어요, 대리님. 절 잊어주세요."

"어떻게 잊어요. 난 못해요. 우리 끝내지 말아요."

"이제 전 대리님 모른 척할 거예요. 그래야 해요. 대리님은 잊을 수 있어요."

정우는 속이 답답했다. 바람이라도 쐬고 싶어 차 문을 열고 밖으로 나갔다. 주위는 어둡고 스산했다. 달빛은 다 사라졌다. 맑은 밤하늘에 불그스름하고 동그란 달의 형태만 희미하게 남아 있었다. 달의 형태를 보며 정우는 한숨을 내쉬었다. 그는 폐 속으로 스산한 공기를 밀어 넣으며 스산해지고 있었다. 그러는 사이 전조등이 켜지며 일순간 주위가 밝아졌고 자동차에 시동이 걸렸다. 우연이 차를 몰고 가버렸다.

"응?"

정우는 중얼거리며 멍하게 서 있었다. 멀어져가는 우연의 자동차 후미등을 바라봤다. 후미등은 망설이지 않았다. 얼른 핸드폰을 꺼내 우연에게 전화를 걸어봤지만 소용없었다. 매정한 사람의 자동차는 빠른 속도로 내리막길을 내려갔다. 금세 사라졌다.

아무리 생각해봐도 그는 우연을 잊을 수 없을 것 같았다. 잊고 싶지 않았다. 머릿속이 분주했다. 조심히 만나면 되지 않을까. 더 비밀스럽게…… 잠시만 뒤로 물러나 있어볼까. 시간을 갖고 상황이 정리될 때까지 기다려보면 어떨까. 정우는 내리막길을 걸어 내려갔다. 마음이 무겁고 복잡해서 비틀비틀 걸었다. 길가에 켜진 가로등이 몇 개 없었다. 달이 조금씩 모습을 드러내고 있었다. 정우는 우연의 앳된 얼굴과 맑은 웃음이 계속 떠올라 괴로웠다. 우연이 남편이 있다고 처음부터 말했더라도 우연을 사랑했을 것 같다는 생각도 들었다.

정우는 길이 꽤 멀다고 생각했다. 주위는 어둡고 조용했다. 가끔씩 바스락거리는 소리가 났다. 자동차로 왔을 땐 금방이었는데, 걸어 내려가니 한참 시간이 지났다. '길을 잃었나?' 정우는 순간 6층에서 4층 정도로 마음이 내려앉았다. 그는 길을 찾고 싶었다. 정우는 잠시 멈춰 섰다. 그는 핸드폰 화면을 켰다. 지도 어플을 찾는 동안 도로 옆 수풀 속에서 바스락 소리가 났다. 정우는 핸드폰을 조명을 켰다. 핸드폰 불빛 한 점이 길을 따라 어둠 속을 비행했다. 갑자기 무언가 날렵하게 튀어나왔다. 튀어나온 무언가가 자신에게 달려드는 걸 본 정우는 놀랄 겨를도 없이 삽시간에 정신을 잃었다. 그걸 피하려다 몸의 중심을 잃고 넘어지면서 가드레일에 머리를 부딪혔다. 고라니 한 마리가 정우의 핸드폰 불빛에 흥분해 달려든 것이었다. 머쓱했는지 고라니는 잠시 주위를 서성이다가 다시 수풀 속으로 가버렸다.

월식이 끝나고, 그림자를 벗어난 달이 온전히 제 모습을 내보였을 때 정우는 깨어났다. 그는 쓰러졌던 자리에 그대로 쓰러져 있었다. 눈을 뜬 정우가 본 것은 맑은 밤하늘에 뜬 환하고 동그란 달이었다. 그는 몽롱했다. 오늘따라 달이 참 밝다고 생각했다. 그는 왜 자신이, 왜 여기에 있는지 알 수 없었다. 오늘 밤 월식이 있었다는 것도, 흥분한 고라니가 자신에게 달려들었다는 것도 기억나지 않았다. 머리가 몹시 지끈거렸을 뿐이다. 간신히 몸을 일으켜 핸드폰을 찾았지만 어디에도 보이지 않았다.

정우는 어리둥절했다. 주위에 아무도 없어 무슨 일이 일어났는지 물어볼 사람도 없었다. (고라니는 알고 있다.) 하는 수 없이 달빛에 의지해 길을 따라 내려왔다. 이제 그는 우연을 생각하지 않는다. 잊어버린 것이다.

갑자기
무슨 일인지

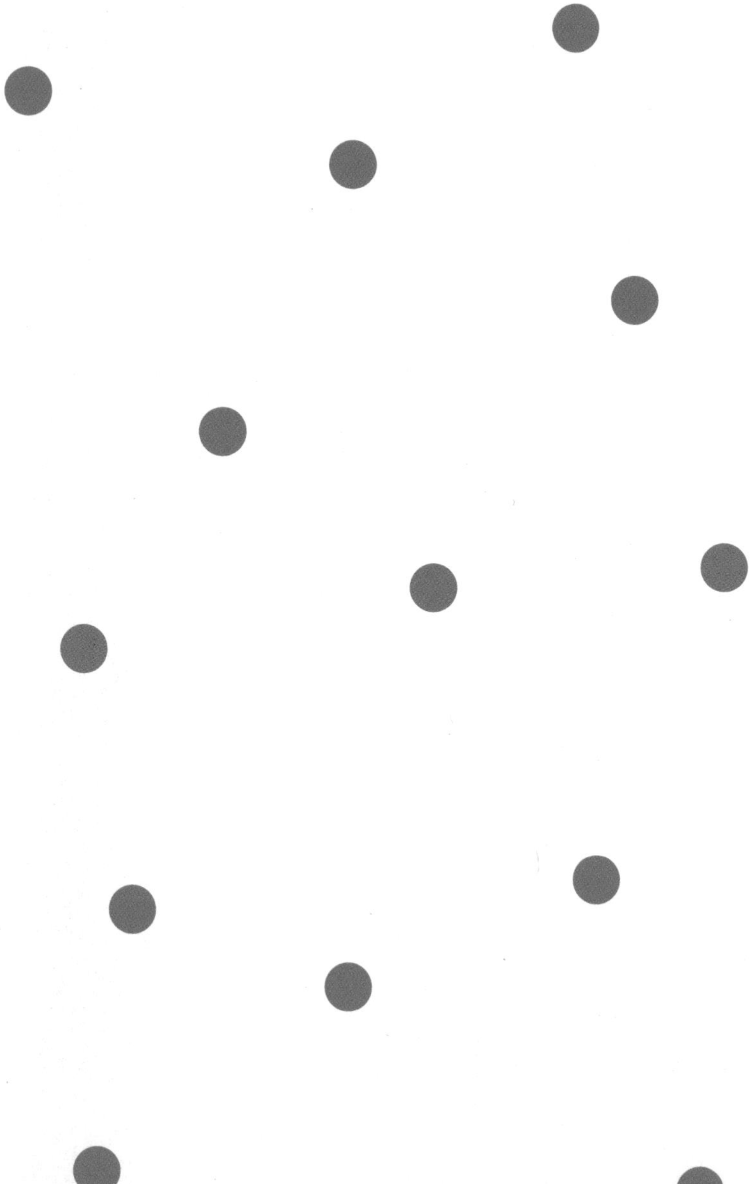

다투고 난 뒤에 우리는 집 근처 넓고 밖이 잘 보이는 카페로 갔다. 다투면서 나는 내 머리를 세 번 움켜잡았고 (머리카락이 뽑히지 않을 정도로 신경 써서) 아내 역시 부엌 식탁을 (손바닥이 아프지 않을 정도로 탕탕) 여러 번 내리쳤다. 목소리는 내가 더 컸지만 험한 말은 아내가 더 많이 했다. 인터넷에서 루어 낚시 미끼를 정교하게 잘 만드는 걸 보고서는 아내가 나에게 정말 대단하지 않아? 너무 잘 만들었어. 하고 아침부터 들떠서 얘기했는데 나는 어쩐지 오늘은 그런 말을 들어줄 기분이 아니어서 아니? 나는 대단하다고 생각하지 않아. 하고 정색해버렸다. 아침을 먹는 동안 나는 당장 다음 달 생활비와 여기저기에 나갈 돈 걱정을 하고 있었다. 정교하게 만든 루어 낚시 미끼는 다음 달 생활비에 전혀 도움이 되지 않는다는 생각에 심사가 뒤틀렸던 것 같다. 결국 정교하게 만든 루어 낚시 미끼 얘기는 우리의 주머니 사정 얘기로 바뀌었다. 우리 다툼에 집에서 키우는 거북(핑크벨리 사이드넥 터틀)도 화가 많이 났는지 배를 보이며 연신 수면을 세게 내리쳤다. 수조의 물이 튀어 바닥에 물이 흥건했다.

두 시간쯤 다투고, 우리 셋은 적당한 선에서 화해했다.

밤 8시 반이었다. 우리는 커피 말고 다른 음료를 주문했다. 음료를 들고 카페 2층으로 갔고 우리는 사거리가 잘 보이는 창가에 자리를 잡았다. 카페에는 사람들이 몇몇 있었는데 모두 조용한 사람들이었다. 각자 자신의 일에 몰두해 있었다. 우리는 나란히 앉아 각자의 앞에 노트북을 두고 나는 따뜻한 금귤차를, 아내는 차가운 차이티를 마셨다. 우리는 적당히 화해를 했기 때문에 늘 그랬듯이 서로의 음료를 한 모금씩 바꿔 마셨다. 그것에 대해 이야기하지는 않았다.

아내는 한 달 전쯤 개설한 블로그에 이런저런 글과 사진들을 올리고 있다. 노트북을 켜고 블로그에 접속해 아내는 무언가 말없이 거침없이 써 내려갔다. 이따금씩 차이티를 홀짝이면서.

나도 내 노트북을 켰다. 사실 나는 노트북을 켜고 할 일이 별로 없었다. 그저 그것을 켜두고 창밖 사거리를 보고 있었다. 신호에 맞춰 정해진 흐름대로 밤의 자동차들이 흘러가고 있었다. 그걸 보고 있다가 시선을 올려보니 하늘에 달이 있었다. 나는 인터넷 검색창에 '달 탐사 관련주', '2만 원으로 살 수 있는 주식' 같은 키워드를 검색해보며 괜히 심각하게 시간을 보내고 있었다. 아까 아내와 다투면서 다음 달 생활비 같은 것들에 관한 걱정은 다소 덜어냈지만 나는 여전히 그런 것들을 생각하고 있었다.

"요즘은 돈을 충분히 벌지 못하면 죄를 짓는 것 같아."

혼잣말처럼 내가 말했다. 딱히 아내의 대답을 들으려고 한 말은 아니었다. 아내는 잠시 멈칫했다가 다시 무언가 써 내려가는 데 집중했다. 어느새 아내의 찻잔이 다 비어 투명한 얼음만 남아 있었다. 조금 뒤 아내가 말했다.

"그런 생각이 무슨 소용이야. 하고자 하는 걸 하면 돼. 우린 잘하고 있어."

아내가 내 금귤차를 가져다 한 모금 마셨다. 심심하다는 듯 쩝 소리를 냈다.

"그건 그렇지만 요즘은 다들 노후 준비도 잘해야 한다고 하니까. 노년이 되고 일을 못하게 되면 어떡하지?"

"조급해하지 말고, 일단 할 수 있는 일을 하자."

"아냐, 조급할 필요가 있어. 하루라도 빨리 준비해야지. 사람 일 어떻게 될지 모르니까."

“당장 뭘 어떻게 준비할 건데?”

“그건, 생각해봐야지.” 내가 말했다. “근데 우리 나중에 국민연금은 받을 수 있을까?”

“아유…… 그 얘긴 아까도 했잖아.”

아내가 절레절레 고개를 흔들었다. 그리고 아내의 눈이 휘둥그레졌다. 짧은 시간 사이 쿵! 쿵! 충돌하는 소리가 연달아 났다. 아까 했던 말을 또 하려다가 나도 창밖을 보고 아내와 비슷한 얼굴이 되었다. 조용히 각자 할 일에 몰두해 있던 카페 안 사람들도 하던 일을 멈추고 일어나 밖을 봤다. 사람들이 밖을 보는 걸 보고 이어폰을 끼고 있던 사람 둘도 이어폰을 빼고 밖을 봤다. 매장 청소를 하던 카페 점원도 빗자루를 들고 서서 밖을 봤다.

갑자기 무슨 일인지 사거리 교차로의 자동차들이 혼란스럽게 뒤엉켜 충돌하고, 충돌하고, 굉음을 내며 연이어 충돌하고 있었다.

봄소풍

거리엔 벚꽃이 흐드러지게 피어 있다. 나른한 볕을 투명하게 통과해 불어오는 바람은 나긋했다. 실타래가 풀리듯 바람이 불고 소나기처럼 벚꽃잎이 우수수 떨어지면 거리를 지나는 사람들 몇몇이 걸음을 멈췄다. 선희는 스쿠터를 타고 벚꽃비 내리는 도로를 내달렸다. 학교 뒤편에 있는 아파트로 도시락 배달을 가는 중이다. 볕 좋은 토요일 오후 거리를 거니는 사람들 걸음은 느릿하고 한가롭다. 선희는 아르바이트로 음식 배달 일을 한다. 학교에 통학하려고 산 스쿠터는 요즘엔 음식을 싣고 다닌다. 이번 학기 선희는 휴학을 했다. 1년 동안 다닌 학교 생활은 너무 큰 옷을 입은 것처럼 잘 맞지 않고 어색했다. 학교에서 만나는 사람들과도 좀처럼 가까워지지 못했다. 사람들과 늘 멀리 있는 것 같다고 선희는 생각했다. 삼삼오오 모여 있는 사람들을 보면 선희는 얼른 등을 돌렸다. 학교를 그만둘까도 생각했지만 학교를 다니는 일 말고 달리 할 일이 떠오르지 않았다. 그리고 무엇보다 학교를 그만두면 영영 정민을 못 보게 될 것이다. '전화번호도 모르니까.'

멈춰 서서 사거리 신호를 기다리는 동안 선희는 정민을 생각하고 있었다.

정민은 선희보다 한 학번 선배다. 선희는 정민을 좋아하고 있다. 그가 학교 운동장에서 농구를 하는 모습에 반했는지, 학생식당에서 단정하고 깨끗하게 밥을 먹는 모습에 반했는지, 수업 시간에 과제 발표를 하다 실수를 하고 머쓱하게 지었던 미소에 반했는지…… 잘 알 수 없었지만 선희는 그를 자주 생각했다. 학교에서 그를 볼 때면 마음이 따끔따끔했다.

선희는 한 손에 도시락을 들고 초인종을 눌렀다. 답이 없어서 조금 뒤 한 번 더 눌렀다. 수화기 드는 소리가 딸깍 났고 곧이어 나긋한 목소리가 말했다.

누구세요?

"배달입니다."

죄송하지만 제가 곧 나가봐야 해서요.

"네. 그럼 문 앞에 놓고 가겠습니다."

혹시 점심 드셨어요?

"네?"

아직 점심 전이시면 드셔도 괜찮아요. 저는 못 먹을 것 같아서요.

선희는 스쿠터를 세워둔 아파트 입구 근처로 왔다. 트렁크에 도시락을 도로 집어넣고 헬멧을 썼다. 시동을 걸고 출발하려는데 저만치 혼자 서있는 정민이 보였다. 그와 동시에 정민이 자신을 보고 있다는 걸 선희는 알았다. 선희는 알았다는 걸 들키지 않으려고 노력했다. 괜히 정수리가 따끔거려서 헬멧을 쓴 채로 머리를 긁었다.

'일단 출발하자. 날 모를 테니까.'

고개를 숙이고 선희가 출발하려고 했는데 정민이 다가왔다.

"혹시 우리 과 후배 맞아요?"

정민이 말했다. 선희는 당황했다. 눈맞춤 없이 그렇다는 표시로 고개를 까닥 끄덕이기만 했다.

"이름이, 선희 맞지?"

선희는 순간 눈이 동그래졌다. 정민은 뒤이어 말을 이어 하려다 말고 잠시 허공을 보고 있었다. 선희는 동그래진 눈으로 정민을 올려다봤다. 그러다 정민이 자신을 바라보자 얼른 시선을 피했다. 선희는 얼굴이 붉어진 것 같아 창피했다.

"어디 가세요?"

괜히 어색해서, 선희가 물었다. 선희는 정민이 어딘가로 가고 있는 것 같았다.

“그냥 나왔어.” 정민이 낮은 목소리로 말했다. “갈 곳은 없지만.”

“저, 그럼…… 타실래요?”

선희가 말했다. 자기도 모르게 튀어나온 말이라 선희는 말해놓고 뜨끔했다. 핸들을 잡은 두 손이 축축했다. 그런데 무슨 일인지 대뜸 정민이 그러자고 해서 선희는 당황했다.

“학교생활은 어때? 맨날 혼자 다니던데.”

정민이 등 뒤에서 물었다. 선희는 자신이 늘 혼자 다닌다는 걸 정민이 알고 있었다는 것과 정민이 자신의 등 뒤에 있다는 사실에 또 마음이 따끔거렸다.

“괜찮아요. 선배님은요?”

“난 별로야. 학교 그만둘까 해.”

“왜요?”

선희가 물었지만 정민은 말이 없었다. 선희는 아무래도 상관없었다.

선희의 스쿠터는 별 좋은 토요일 오후의 바람을

투명하게 가르며 정해둔 곳 없이 달린다. 가다가 적당한 곳이 있으면 함께 도시락을 나눠 먹어야겠다고 선희는 생각했다. 마음이 편해졌다.

멈춰 서서 사거리 신호를 기다리는 동안 등 뒤에서 정민이 말했다.

"멀리, 멀리 가자."

선희는 그 말이 정말 가깝게 들려서 좋았다.

김종완

다소 늦은 아침에 일어나 책을 만들고 잠들기 전에 글을 쓴니다.

독립출판물 「김종완 단상집 시리즈」를 만듭니다.

통과해가는 것들을 붙잡아 소설과 수필을 씁니다.

계절의 변화를 좋아합니다.

달나라에 가는 방법

김종완

발행인　이상영

편집장　서상민

편집　　이상영

디자인　서상민

마케팅　박진솔

교정·교열 안덕희

인쇄　　피앤엠123

펴낸곳　디자인이음

2009년 2월 4일:제300-2009-10호

서울시 종로구 효자동 62

02-723-2556

designeum@naver.com

instagram.com/design_eum

2023년 5월 2일 1판 1쇄 발행

값 12,000원

ISBN 979-11-92066-22-6 03810